共和国故事

互动发展
——促进中部地区崛起战略正式实施

袁凤东　编写

吉林出版集团股份有限公司

图书在版编目（CIP）数据

互动发展：促进中部地区崛起战略正式实施/袁凤东编. —长春：吉林出版集团股份有限公司，2009.12

（共和国故事）

ISBN 978-7-5463-1864-6

Ⅰ. ①互… Ⅱ. ①袁… Ⅲ. ①纪实文学－中国－当代 Ⅳ. ①I25

中国版本图书馆 CIP 数据核字（2009）第 233825 号

互动发展——促进中部地区崛起战略正式实施
HUDONG FAZHAN　　CUJIN ZHONGBU DIQU JUEQI ZHANLÜE ZHENGSHI SHISHI

编写　袁凤东	
责任编辑　祖航　宋巧玲	
出版发行　吉林出版集团股份有限公司	
印刷　三河市嵩川印刷有限公司	
版次　2010年1月第1版	2022年1月第8次印刷
开本　710mm×1000mm　1/16	印张　8　字数　69千
书号　ISBN 978-7-5463-1864-6	定价　29.80元
社址　吉林省长春市福祉大路5788号	
电话　0431－81629968	
电子邮箱　tuzi8818@126.com	
版权所有　翻印必究	
如有印装质量问题，请寄本社退换	

前　　言

自1949年10月1日中华人民共和国成立至今,新中国已走过了60年的风雨历程。历史是一面镜子,我们可以从多视角、多侧面对其进行解读。然而有一点是可以肯定的,那就是,半个多世纪以来,在中国共产党的领导下,中国的政治、经济、军事、外交、文化、教育、科技、社会、民生等领域,都发生了深刻的变化,中国人民站起来了,中华民族已屹立于世界民族之林。

60年是短暂的,但这60年带给中国的却是极不平凡的。60年的神州大地经历了沧桑巨变。从开国大典到60年国庆盛典,从经济战线上的三大战役到经济总量居世界第三位,从对农业、手工业、资本主义工商业的三大改造到社会主义市场经济体制的基本确立,从宜将剩勇追穷寇到建立了强大的国防军,从废除一切不平等条约到独立自主的和平外交政策,从"双百"方针到体制改革后的文化事业欣欣向荣,从扫除文盲到实施科教兴国战略建设新型国家,从翻身解放到实现小康社会,凡此种种,中国人民在每个领域无不留下发展的足迹,写就不朽的诗篇。

60年的时间在历史的长河中可谓沧海一粟。其间究竟发生了些什么,怎样发生的,过程怎样,结果如何,却非人人都清楚知道的。对此,亲身经历者或可鲜活如昨,但对后来者来说却可能只是一个概念,对某段历史的记忆影像或不存在,或是模糊的。基于此,为了让年轻人,特别是青少年永远铭记共和国这段不朽的历史,我们推出了这套《共和国故事》。

《共和国故事》虽为故事,但却与戏说无关,我们不过是想借助通俗、富于感染力的文字记录这段历史。在丛书的谋篇布局上,我们尽量选取各个时代具有代表性或深具普遍意义的若干事件加以叙述,使其能反映共和国发展的全景和脉络。为了使题目的设置不至于因大而空,我们着眼于每一重大历史事件的缘起、过程、结局、时间、地点、人物等,抓住点滴和些许小事,力求通透。

历史是复杂的,事态的发展因素也是多方面的。由于叙述者的视角、文化构成不同,对事件的认知或有不足,但这不会影响我们对整个历史事件的判断和思考,至于它能否清晰地表达出我们编辑这套书的本意,那只能交给读者去评判了。

这套丛书可谓是一部书写红色记忆的读物,它对于了解共和国的历史、中国共产党的英明领导和中国人民的伟大实践都是不可或缺的。同时,这套丛书又是一套普及性读物,既针对重点阅读人群,也适宜在全民中推广。相信它必将在我国开展的全民阅读活动中发挥大的作用,成为装备中小学图书馆、农家书屋、社区书屋、机关及企事业单位职工图书室、连队图书室等的重点选择对象。

编　者

2010 年 1 月

目录

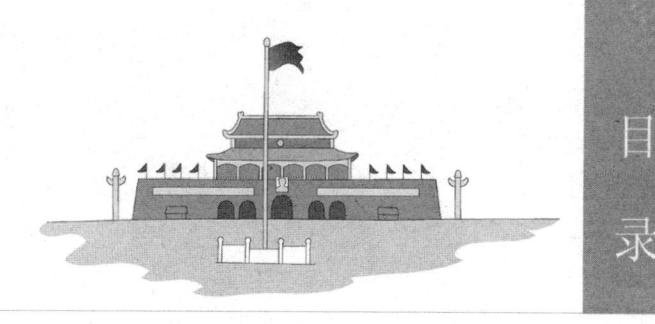

一、中央决策

十六大提出要发展中部/002

中央提出加强区域协调发展/007

中央提出促进中部崛起/012

温家宝到河南农村视察/014

温家宝到湖北农村调研/018

研究促进中部崛起措施/023

胡锦涛到河南进行考察/030

胡锦涛到江西进行考察/039

中部崛起写入"十一五"计划/045

二、战略实施

湖北着力打造武汉城市圈/050

湖南打造长株潭一体化/056

山西建设新型能源基地/062

安徽走新型工业化道路/067

河南重点打造中原城市群/073

江西建设高速通道助腾飞/083

三、崛起行动

老工业基地的崛起行动/088

目录

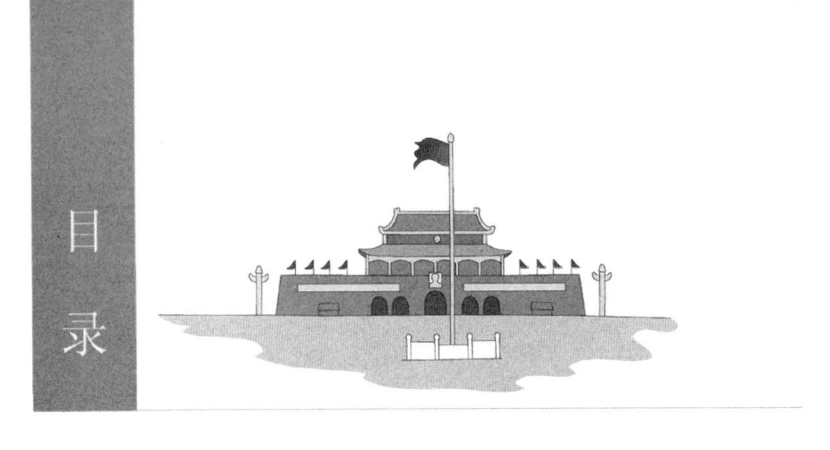

湖北加强农业丰产增收/093

湖南采取措施整合卷烟业/097

安徽进行家电业重组行动/102

江西建设南昌经济开发区/108

湖南对钢铁行业进行整合/114

一、中央决策

- 大会堂主席台正上方悬挂着"中国共产党第十六次全国代表大会"的横幅。鲜艳的红旗簇拥着由镰刀和锤子组成的党徽。主席台前摆放着盛开的鲜花。

- 这时,坐在旁边的村民王少成插了一句:"如果政策不好,大家都出去打工,没人种地,吃粮就会有麻烦。"

- 胡锦涛神采奕奕地健步走来,满面笑容地与大家亲切握手。看到有的工人师傅不好意思上前与他握手,胡锦涛就主动走上前去,和蔼地握住了他们的手。

十六大提出要发展中部

2002年11月8日,这是一个神圣而又喜庆的日子。

在这一天,举世瞩目的新世纪盛会,即中国共产党第十六次全国代表大会在北京隆重召开。

全中国沸腾了,神州大地洋溢着一片喜庆的气氛,每个人的脸上都露出灿烂的笑容,党的十六大召开给全中国人民带来了新的希望。

9时,中国共产党第十六次全国代表大会在人民大会堂正式开幕。

雄伟的人民大会堂显得格外庄严肃穆。大会堂主席台正上方悬挂着巨幅会标:

中国共产党第十六次全国代表大会

鲜艳的红旗簇拥着由镰刀和锤子组成的党徽。主席台前摆放着盛开的鲜花。

在大会堂二楼和三楼的眺台上,分别挂着巨型横幅:

高举邓小平理论伟大旗帜,全面贯彻"三个代表"重要思想,继往开来、与时俱进,全面建设小康社会,开创中国特色社会主义事业新局面！

伟大、光荣、正确的中国共产党万岁！

在主席台前排就座的大会主席团常务委员会成员有江泽民、李鹏、朱镕基、李瑞环、胡锦涛、尉健行、李岚清、丁关根、田纪云、李长春、李铁映、吴邦国、吴官正、迟浩田、张万年、罗干、姜春云、贾庆林、钱其琛、黄菊、温家宝、曾庆红、吴仪、万里、乔石、宋平、刘华清、薄一波、宋任穷、叶选平、宋健、曹庆泽。

在主席台贵宾席就座的有担任全国人大常委会副委员长、全国政协副主席的党外人士，担任过国家副主席、全国人大常委会副委员长、全国政协副主席的党外人士，各民主党派中央、全国工商联负责人和无党派人士荣毅仁、帕巴拉·格列朗杰、王光英、吴阶平、何鲁丽、丁石孙、成思危、许嘉璐、蒋正华、阿沛·阿旺晋美、钱伟长、丁光训、孙孚凌、霍英东、马万祺、万国权、经叔平、罗豪才、张克辉、周铁农、王文元、费孝通、孙起孟等。

大会由李鹏主持。

在军乐团雄壮的乐曲声中，全场起立，奏中华人民共和国国歌。

随后，全体出席会议人士为毛泽东、周恩来、刘少奇、朱德、邓小平、陈云等已故的老一辈无产阶级革命家和革命先烈默哀。

礼毕，李鹏对列席大会的党外朋友和有关方面负责同志表示热烈的欢迎。然后他宣布：

十六大应到代表和特邀代表共2154人，实到代表2134人。

在热烈的掌声中，江泽民向大会作报告。报告的题目是《全面建设小康社会，开创中国特色社会主义事业新局面》。

江泽民的报告共分10个部分：1.过去5年的工作和13年的基本经验；2.全面贯彻"三个代表"重要思想；3.全面建设小康社会的奋斗目标；4.经济建设和经济体制改革；5.政治建设和政治体制改革；6.文化建设和文化体制改革；7.国防和军队建设；8."一国两制"和实现祖国的完全统一；9.国际形势和对外工作；10.加强和改进党的建设。

江泽民在论述经济建设和经济体制改革时指出：

中部地区要加大结构调整力度，推进农业产业化，改造传统产业，培育新的经济增长点，加快工业化和城镇化进程……

加强东、中、西部经济交流和合作，实现优势互补和共同发展，形成若干各具特色的经济区和经济带。

中部地区包括湖北、湖南、河南、安徽、江西、山西六个相邻省份,地处中国内陆腹地,起着承东启西、接南进北、吸引四面、辐射八方的作用。

中部依靠全国10.7%的土地,承载全国28.1%的人口,创造全国19.5%的生产总值,是我国的人口大区、经济腹地和重要市场,在中国地域分工中扮演着重要角色。

从中国整体发展的角度考虑,中部就是中国的"腰",只有"腰板"直了,中国这个巨人才能走得正、走得稳,中国经济才能协调健康发展。

从这个意义上来说,加快中部地区发展是提高中国国家竞争力的重大战略举措,是东西融合、南北对接,推动区域经济发展的客观需要。

但是,进入改革开放时代,我国区域经济发生了深刻变化。

改革之初,我国实施沿海开放战略,东部地区经济快速发展,成为推动全国经济高速增长的主动力。东部地区成功地构建了珠三角、长三角和渤海经济圈三大增长地,经济一日千里,日新月异。

20世纪末,中央着眼于促进西部地区发展,作出西部大开发决策,西部地区乘势而上,发展势头十分强劲。

其后,振兴东北等老工业基地战略走上前台,为东北三省的发展提供了良机。

中部地区在东部大发展和西部大开发的"夹击"下,正塌陷下去,在共和国经济版图上渐次滑落了。

东部地区势头强劲,西部大开发紧锣密鼓,东北老工业基地振翅腾飞,唯有中部在沉寂之中"塌陷"。

如何破解这个问题呢?3.6亿中部人在自省、在求索。共和国也一直没有忘记,中南海也始终牵挂,只是在等待恰当的时机。

中央提出加强区域协调发展

2003年10月11日,党的第十六届中央委员会第三次全体会议在北京举行。全会安排三个半天,对《中共中央关于完善社会主义市场经济体制若干问题的决定(讨论稿)》进行讨论。

温家宝就讨论稿向全会作了说明。

党的十六届三中全会对新世纪新阶段我国经济体制改革作出全面规划和部署。这是以胡锦涛为核心的党中央作出的事关全局的重大决策,吹响了我国经济体制改革的新号角。

从十一届三中全会到十六届三中全会,25年的跨度,浓缩成了一部中国经济体制改革史。

1993年,根据党的十四大精神,党的十四届三中全会审议通过《中共中央关于建立社会主义市场经济体制若干问题的决定》,引领中国的经济体制改革进入一个新的历史阶段。仅仅10年,亿万中国人民以创造性的辉煌实践,在古老的中华大地初步建立起社会主义市场经济体制。

宏伟壮丽的改革事业又一次到了关键时刻。如果把我国的市场经济体制建设比作一项重大建筑工程,党的十四届三中全会勾画的社会主义市场经济体制框架,就如同一座建筑的结构。

面对经济全球化和加入世贸组织的新形势，面对全面建设小康社会的历史重任，我国经济存在的结构不合理、分配关系尚未理顺、农民收入增长缓慢、就业矛盾突出、经济整体竞争力不强等深层次矛盾和现象，城乡发展不平衡、产权制度不健全、市场秩序比较混乱、政府职能转变还不到位等一系列体制性问题，新的历史使命再次出现：必须在10年成就的平台上，努力做好"完善"这一构架的文章，为全面建设小康社会提供体制保证。

历史性的决策，历史性的文献。中央集中了一批思维活跃、见解深刻、了解国情、熟悉经济工作的人，在深入调研、认真研讨、广泛征求各方面意见的基础上，集中党内外集体智慧，起草了一份文件，破解这一历史命题。

"决定"的起草，始终在中央政治局常委会直接领导下进行。

2003年4月18日上午，全国防治非典斗争最紧张的时刻，"决定"起草组在北京成立。受中央政治局常委会委托，温家宝担任起草组组长。

在会上，温家宝就起草组的工作任务、指导思想、组织领导以及文件的基本框架等作了重要讲话，并对起草组的工作日程提出了要求。

起草组中既有德高望重的专家、学者，又有来自部门和地方经验丰富的领导干部。

当天下午,起草组工作班子召开第一次会议,开始讨论"决定"的框架。

历时半年的"决定"起草工作,由此拉开帷幕。

几上几下,广纳良策。讨论、研究、起草;再讨论、再研究、再修改……

"决定"的起草过程,就是这样一个反复锤炼、不断升华的过程。

6个月的时间里,起草组对一些重点、难点问题反复讨论、广纳善言。

10月14日15时,几上几下、经过数十次修改的"决定(草案)",获得全会的一致通过。

《中共中央关于完善社会主义市场经济体制若干问题的决定》是指导我国经济体制改革的纲领性文件。

在这份文件中提道:

> 加强对区域发展的协调和指导,积极推进西部大开发,有效发挥中部地区综合优势,支持中西部地区加快改革发展,振兴东北地区等老工业基地,鼓励东部有条件地区率先基本实现现代化。

胡锦涛始终关注着"决定"的起草工作,多次询问起草进展情况,并作出许多重要指示。起草组上报的每一稿，胡锦涛都逐字逐句地认真审阅，提出了许多指导性意见，并作了许多重要修改。

胡锦涛在不停地思索："25年的经济体制改革，积累了哪些经验？面临哪些问题？完善社会主义市场经济体制，需要坚持怎样的方向？完成哪些任务？达成怎样的目标？……"

这些问题的回答，归根到底，只能来自亿万人民的伟大实践。

为此，胡锦涛到湖南、江西等省、市调研，一次次深入企业、乡村，来到集镇、城市。

一次次的调研，一次次的座谈，胡锦涛对各地蓬勃的发展势头感到非常高兴，发展中存在的深层次问题引起他的深思。

2003年金秋的三湘大地，一派节日喜庆气象。

10月1日至4日，胡锦涛在湖南省委书记杨正午、代省长周伯华等陪同下，专程瞻仰了毛泽东、刘少奇等老一辈革命家的故居，先后到湘潭、岳阳、长沙等地，深入田间地头、企业车间、科研院所、社区商场，就加快经济社会发展、关心群众生产生活、加强干部作风建设等进行调研。

每到一处，胡锦涛都同干部群众亲切交谈，向大家表示节日的问候。

胡锦涛十分关心中部地区的经济社会发展。他考察了洞庭湖防洪大堤、汨罗市大荆镇桂花村蔬菜大棚基地、湖南华天光电惯导技术有限公司等。

胡锦涛指出：

中部地区广大干部群众要切实增强加快发展的责任感和紧迫感，牢固树立和坚决落实科学发展观，积极探索符合实际的发展思路，通过改革不断为发展注入新的动力，努力推动经济社会更快更好地发展。

胡锦涛强调：

要大力推进农业和农村经济结构的战略性调整，继续深化农村各项改革，加大对农村基础设施建设的投入，拓展农村富余劳动力转移的渠道，坚持不懈地抓好农村扶贫开发工作，加快农村各项社会事业发展，不断推动增加农民收入目标的实现。

中央提出促进中部崛起

走过重要而非同寻常的 2003 年，2004 年 3 月，全国各族人民在全面建设小康社会的征途上迎来了第十届全国人民代表大会第二次会议的召开。

3 月 5 日，第十届全国人大二次会议在北京人民大会堂开幕。

会议由大会主席团常务主席、执行主席吴邦国主持。大会主席团常务主席、执行主席王兆国、李铁映、司马义·艾买提、何鲁丽、丁石孙、成思危、许嘉璐、蒋正华、顾秀莲、热地、盛华仁、路甬祥、乌云其木格、韩启德、傅铁山在主席台前排就座。

胡锦涛、江泽民、贾庆林、曾庆红、黄菊、吴官正、李长春、罗干等和大会主席团成员在主席台就座。

9 时，吴邦国宣布：

中华人民共和国第十届全国人民代表大会第二次会议开幕。全体起立，军乐队高奏国歌。

开幕式结束后，在热烈的掌声中，身着深色西服、系着红色领带的温家宝，开始向出席十届全国人大二次会议的代表报告政府工作，铿锵有力的声音从庄严的人民大会堂传出。

温家宝的报告共分3个部分：一是一年来工作回顾；二是2004年主要任务；三是加强政府自身建设。报告中还就香港、澳门和台湾问题以及我国的外交政策等作了阐述。

在温家宝近1小时50分钟的报告过程中，全场多次响起热烈的掌声。

温家宝在2004年工作任务中指出：

促进区域协调发展，是我国现代化建设中的一个重大战略问题。要坚持推进西部大开发，振兴东北地区等老工业基地，促进中部地区崛起，鼓励东部地区加快发展，形成东中西互动、优势互补、相互促进、共同发展的新格局。

…………

加快中部地区发展是区域协调发展的重要方面。国家支持中部地区发挥区位优势和经济优势，加快改革开放和发展步伐，加强现代农业和重要商品粮基地建设，加强基础设施建设，发展有竞争力的制造业和高新技术产业，提高工业化和城镇化水平。

温家宝到河南农村视察

为了促进中部地区崛起,党中央、国务院的主要领导都曾深入中部6省的企业、矿区、农村开展扎实的调研,为谋划中部6省的明天做了扎实的积累。

灵羊辞旧岁,金猴闹新春。虽是数九寒天,中原大地却洋溢着节日的气氛。

2004年1月20日至22日,是农历腊月二十九到大年初一,温家宝在河南省委书记李克强、省长李成玉等陪同下,迎着凛冽的寒风,先后到新乡、郑州等地农村、工厂、机关和电力、铁路等部门,代表党中央、国务院看望慰问农民、工人、公安干警和消防队员,向他们表示节日的问候和新春的祝福。

20日下午,温家宝一下飞机就赶往地处豫北黄河故道的新乡县七里营镇刘庄。

温家宝首先来到已故全国劳动模范史来贺家中,向史来贺的妻子刘树珍表示亲切慰问。

温家宝说:"史来贺同志一生不忘群众,一生也没离开过群众。他是中国共产党的优秀党员,中国农民的优秀代表,农村基层干部的一面旗帜。农村干部都应该向他学习。"

温家宝叮嘱村干部:"要继续发扬刘庄艰苦创业的精

神，带领群众在全面建设小康社会的道路上不断前进。"

大年三十一早，温家宝没打招呼就来到新乡县朗公庙镇赵堤村。

姬长瑞老人紧紧拉住温家宝的手激动地说："我做梦也想不到，大年三十，总理来给我们拜年。"

温家宝和村民们亲切交谈："年货备齐了没有？现在粮价行情如何？今年粮食播种面积是多少？……"

在曲水村荆怀民的家中，温家宝和他们拉起家常，问他们一年收入有多少，看病和孩子上学有没有困难。他向村干部详细询问了当地农村税费改革和农村合作医疗试点的情况。

当得知大部分乡村都搞了合作医疗时，温家宝说："这是一件关系农民切身利益的好事，我们一定坚持把它办好。"

在郑州市花园口镇大庙村，温家宝详细了解土地使用及补偿情况。他对省市领导同志说："一定要给城市郊区农民保留一定数量的土地，让农民有活干、有稳定的收入。建设占地一定要给农民合理的补偿。"

当天15时，温家宝来到郑州市陈砦花卉交易市场。

来这里买花的群众络绎不绝，一派节日的喜庆景象。

温家宝与买卖花卉的群众攀谈起来。一位市民告诉他："现在老百姓的生活越来越好，逢年过节都愿意买鲜花装点生活和赠送亲友。"

温家宝听后高兴地笑了。

随后,温家宝又来到郑州市金博大购物中心。当他看到超市货架上琳琅满目、种类繁多的商品时,十分高兴,不时地与售货员和顾客交谈。

在郑州,温家宝还专门看望了节日期间坚守岗位的铁路运输和电力调度部门的职工。

郑州铁路编组站是亚洲最大的铁路编组站,每天日均作业量达 2.7 万辆。温家宝来到这里,实地察看了编组作业的情况。

温家宝说:"由于我国经济发展较快,当前运力比较紧张,加上今年春运客流量大,铁路部门面临的任务非常繁重。"

温家宝希望铁路部门在做好春节期间客运工作的同时,加强重点物资的运输。

在河南省电力公司调度中心,温家宝要求电力部门确保春节期间电力安全运行,保证群众生产生活的需要。

温家宝还到安飞电子玻璃有限公司看望坚守生产岗位的职工。

除夕夜是阖家团圆的日子。21 时许,已是万家灯火,远处传来阵阵鞭炮声。

温家宝来到退休职工李焕昌的家。74 岁的李焕昌与老伴和 12 岁的孙子一起生活。

温家宝问李焕昌:"年货准备得怎么样?吃上饺子没有?"

李焕昌说:"年前政府送来了米、面、油和慰问金,还给我办了低保户。感谢党和政府的关心。"

街道办事处负责人插话说："李焕昌是 1949 年入党的老党员，主动为政府分忧，写申请要求把低保让给比他生活更困难的人。"

温家宝听后紧紧握住李焕昌的手说："你有困难还想着国家，政府也会想着你。"

在低保户陈凤荣的家，温家宝到厨房看看有没有饺子。当看到包好的饺子时，他才放了心。

温家宝对随行的干部说："逢年过节，我们一定不能忘了生活困难的群众。"

温家宝到湖北农村调研

2004年6月8日至10日,温家宝深入湖北农村进行考察、调研。

1990年,湖南、湖北、江西、河南、安徽5个产粮大省的城镇居民收入是乡村居民收入的2.07倍,到2002年则扩大到2.82倍。

农民脱贫致富压力大,贫富差距扩大造成的社会矛盾,成为中部崛起的一个沉重负担。

夏收进入高潮,粮食生产销售情况如何?农民的负担减下来没有?种粮补贴农民拿到手没有?农民看得起病吗?……这些问题牵动着温家宝的心。

8日上午,在从老河口机场前往十堰的途中,温家宝临时停车走进湖北省老河口市洪山嘴太山庙村,与农民王转运交谈起来。

"今年粮食收成好不好?"

"好,一亩地能打600多斤麦子,比去年多打近200来斤。"

"种粮补贴拿到手了吗?"

"中央政策好,都拿到了。"

"现在市场上粮价多少?"

"粮价在七八毛,比去年涨了一点。我光这个就能增收 1000 多元。"

温家宝听了很高兴，连声说："不错，不错。你看这价格能稳住吗？"

"稳得住，我觉得还会涨。"

"我给你说句心里话，粮价再适当涨一点，你高兴，我更高兴，农民多挣一点，明年就可以种更多的粮食。"

温家宝接着问道："今年交了多少税？"

"一亩地 60 多块。比去年减了 40 多块。"

"好。我告诉你，税还会减下去。今年减 3 个点，明年还减，5 年内要全部减完。"

为了进一步了解税费改革和农民负担情况，温家宝随后又驱车来到十堰市郧县城关镇堰河村。这个村有村民 1600 多人，耕地 988 亩。

在一个农家院坝里，温家宝与村民王建林聊了起来。

"你家交了多少税？"

"我家 5 口人原来最多时要交 600 多块，现在只交 130 多块。"

王建林转身从屋里拿来一个蓝色小布袋交给温家宝。袋子上印着：湖北省农村税费改革明白袋。

温家宝打开袋子，一一查看各种卡片。

温家宝问："这些卡对你来讲是明白卡，对县委、县政府来讲，是政策卡，对这些政策满意吗？"

"大家都说好。特别是一号文件让老百姓最高兴。农业税不交或少交，种粮还给补贴，把几千年来的事给翻过来了。"

这时，坐在旁边的村民王少成插了一句："如果政策不好，大家都出去打工，没人种地，吃粮就会有麻烦。"

"你讲的有道理。"温家宝说，"今年政策出来后，农民对种地要精心一些吧？"

"当然，大家一算账都明白，种地划算了。"

"把地种好，再出去打打工，两边都可以兼顾，收入也会多一点。"

6月9日上午，温家宝前往枝江市，又一次临时停车走进安福寺镇桑树河村，蹲在田间查看水稻长势。村民曾祥华看见了，跑过来把温家宝迎到家里。

温家宝看到曾祥华家里放了好几袋油菜籽，问道："打了多少斤？"

"打了2000多斤。"

"市场上卖多少钱一斤？"

"一块三，我嫌价低，想等一块四再出手。"

"你很有经济头脑嘛。"

大家一听全笑了。

"知道粮食市场放开了吗？以后个体、私营企业都可以来收粮，但要有市场准入。"

"知道，我们也有心理准备。"

"粮食企业收购价格要公道，但农民卖粮也不能掺杂使假，要讲信誉。有什么困难和意见没有？"

听了这话，曾祥华说："总理，我们这一带的地，一亩地打五六次灭虫药都不起作用，不晓得是药不好，还是不对路。还有，能不能给测测土，看看缺哪种肥，好配方施肥。"

温家宝转身对随行的农业部部长杜青林说："老杜，你帮助解决一下这个问题。"

杜青林随即和有关人员进行联系，很快给曾祥华答复："明后天就派人来调查，为村民解决难题。"

温家宝心中一直牵挂着农民的看病问题，每到一个村子，他都要详细询问村民的看病、费用情况。

9日上午，温家宝路经桑树河村卫生所一定要停车进去看看。他询问值班大夫："挂号费多少钱？"

"一块钱。"

"老百姓看得起病吗？"

"头疼脑热还能承受，看大病就比较困难。"

"我们正在搞农村合作医疗试点，国家拿10块，地方拿10块，老百姓拿10块，搞大病统筹，帮助农民缓解看病难问题。"

"太好了，盼着这个事情能早点办起来。"

温家宝对随行的有关部门负责人说："农民看一次病不容易。看来我们要加快农村合作医疗试点工作，让更多的农民看得起病。"

9日下午，温家宝一行马不停蹄，来到荆州市八岭山镇朱家岭村。

村民王松柏一见到温家宝，快人快语："总理，我们有一个担心，就是扶持粮食生产的政策能不能真正实行下去。"

温家宝说："一路上都有农民反映你讲的这个问题。今年中央扶持粮食生产主要有3项政策，一是制定粮食最低收购价；二是减免税，粮食主产区降3个百分点，5年内把税全部免掉；三是对种粮农民实行直接补贴，鼓励农民种粮。另外，国家还拿出钱来修路、修水渠、修沼气，采取措施降低农资价格，都是在为农民找好处，谋实惠。"

说到这里，温家宝加重了语气："我还要告诉大家，在放开粮食收购市场和价格后，粮食最低收购价就是一把尺子，摆在市场上就可以对价格进行引导。中央说话算数，农民的利益一定要得到保护。"

村民们一听，高兴得鼓起掌来。

6月9日晚，温家宝主持召开农业工作座谈会，在听取农村基层干部的汇报后，他说：

加强农业是经济社会发展的一项重大任务，是关乎经济发展、社会稳定、人民生活的基础性产业，必须高度重视。实现农村小康，缩小城乡差距是一项长期任务，只要我们把解决"三农"问题作为重中之重，坚定不移地把中央的一系列扶持农业的政策落到实处，让农民真正享受到政策带来的实惠，就一定能调动农民种粮积极性，扭转粮食生产下滑局面，不断增加农民收入，促进农业农村发展。

研究促进中部崛起措施

2005年3月5日,第十届全国人民代表大会第三次会议在北京人民大会堂开幕。

雄伟的人民大会堂气氛庄严热烈。大会堂里,穹顶灯光璀璨,国徽悬挂在主席台帷幕中央,两边是10面鲜艳的红旗。

胡锦涛、贾庆林、曾庆红、黄菊、吴官正、李长春、罗干等和大会主席团成员在主席台就座。

大会主席团常务主席、执行主席王兆国、李铁映、司马义·艾买提、何鲁丽、丁石孙、成思危、许嘉璐、蒋正华、顾秀莲、热地、盛华仁、路甬祥、乌云其木格、韩启德、傅铁山在主席台前排就座。

9时,吴邦国宣布:

中华人民共和国第十届全国人民代表大会第三次会议开幕。全体起立,军乐队高奏国歌。

仪式结束后,温家宝代表国务院向大会作政府工作报告。

政府工作报告共分7个部分:1.过去一年工作回顾;2. 2005年工作总体部署;3.继续保持经济平稳较

快发展；4. 大力推进经济体制改革和对外开放；5. 积极发展社会事业和建设和谐社会；6. 加强行政能力建设和政风建设；7. 坚持和平发展道路与独立自主的和平外交政策。

在温家宝的报告过程中，全场多次响起热烈的掌声。

温家宝在政府工作报告中提出：

实施西部大开发，振兴东北地区等老工业基地，促进中部地区崛起，鼓励东部地区加快发展，是从全面建设小康社会和加快现代化建设全局出发作出的整体战略部署。实行符合各地特点、发挥比较优势、各有侧重又紧密联系的区域发展战略，体现了统筹协调发展的要求，既有利于充分调动各地区的积极性，又有利于东中西互动、优势互补、相互促进、共同发展。

…………

抓紧研究制定促进中部地区崛起的规划和措施，充分发挥中部地区的区位优势和综合经济优势，加强现代农业特别是粮食主产区建设；加强综合交通运输体系和能源、重要原材料基地建设；加快发展有竞争力的制造业和高新技术产业；开拓中部地区大市场，发展大流通。

为了制定合乎促进中部地区崛起的规划和措施，温家宝多次到中部地区考察。

2005年8月11日下午,温家宝来到奇瑞汽车有限公司,详细询问产品研发和企业发展情况。

成立于1997年的奇瑞公司坚持自立自强、创新创业,发展成具有自主研发能力的大型轿车企业。

温家宝一直关注奇瑞的发展,2005年年初他作出批示:

> 坚持引进先进技术和消化吸收创新相结合,着力增强自主开发能力,拥有自己的知识产权,始终是推动产业升级,提高产品竞争力的重要方针。

在发动机生产车间,奇瑞汽车公司总裁尹同跃向温家宝介绍了汽车发动机自主开发情况。

温家宝听后十分欣慰,他说:"奇瑞是靠创新发展起来的。企业要想在激烈的市场竞争中生存和发展,就必须提高自主创新能力,不断增强企业的核心竞争力。"

温家宝说:

> 汽车是我们的支柱产业,消费量还会持续扩大,但中国汽车业的发展,必须走节能、降耗、减少污染的道路。
>
> 要大力自主创新,做到人无我有,人有我

优。做到高人一等，勇争第一，只有这样，我们的企业才能在国际市场上站住脚。

温家宝还考察了马鞍山钢铁集团有限公司、株洲电力机车厂、株洲硬质合金集团公司、湘潭电机厂等企业。

这些企业都是我国装备工业的骨干企业，为国家建设作出过重要贡献。

温家宝说："要加快用先进技术改造传统产业的步伐。老企业要焕发青春，必须走技术改造的路子，提高企业的技术水平和竞争力。"

在长沙，温家宝考察了三一重工股份有限公司、远大空调有限公司等企业。

看到这些企业创新创业精神强，产品竞争力强，技术开发能力强，拥有自主知识产权，经营效益好，温家宝十分高兴。

温家宝说："政府要为企业创造公平的市场环境，让不同所有制企业平等竞争、共同发展。"

8月12日下午，温家宝来到湖南省湘潭市中央储备粮库，实地考察粮食收购情况。

粮库里，农民们正在排队售粮。

温家宝一下车就问前来售粮的农民谢新辉："卖了多少粮？粮价多少？"

"6000多斤。7毛一斤。"

"那你这一笔收入就有4200多元，不错嘛。"

温家宝走到坐在拖拉机驾驶室里的唐孟交面前，扶着车门和他聊起来："我最关心粮食了。过去看报表是一月一报，现在是 10 天一报，全国、各省库存多少粮食我心里都有数。你对国家的粮食政策还满意吧？"

"满意。我今天要卖 6000 多斤。家里还留了一些粮，看价格好后再卖一点。"

温家宝来到粮库的结算处，农民们正在排队领取售粮款。

农业发展银行的工作人员告诉温家宝，收购资金准备充足，农民售粮可拿到现钱。

温家宝点头表示满意。他问排在第一的李京勇："今天卖粮可以拿到多少钱？"

"3300 元。"

看到工作人员从窗口把一叠钱递给李京勇，温家宝叮嘱他："你先点点，我也帮你看着。"

丰收的喜悦洋溢在李京勇的脸上。在总理的注视下，他点完用汗水换来的票子，笑了。

温家宝接着又驱车来到湘潭县棋盘村，考察了亩产可达到 800 多公斤的超级水稻生产基地后，又招呼几位村民在一起座谈。

温家宝问："大家有什么难事没有？"

几位村民都说："政策相当好，我们有顾虑，担心政策变。"

温家宝说："我告诉你，好政策不会变，如果变也肯定是越变越好。这几年来，从减免税收到'两免一补'，从农机具补贴到合作医疗，对农民的政策一直都在朝好的方向变。请大家放心，对农民的政策只会越来越好。"

其中一位村民说："总理，我还想反映一下，现在乡村的路太窄，农机都进不来。由于科技服务跟不上，生产有时不稳定。"

"你讲到了关键的地方。"温家宝说，"对粮食主产区，政府要加大对道路、水利、电网等基础设施建设的投入。同时要通过教育、科研、推广相结合，提高农业生产水平。"

温家宝对随行的各级领导干部说："农民是最讲实际的，对看得见摸得着的事情才相信。我们的干部也要讲实际，实实在在为农民做事，让农民得到看得见摸得着的实惠。农民讲实际，干部多办实事，农村就会大发展。"

湖南是全国粮食主产区和商品粮基地。

8月13日下午，温家宝专程来到国家杂交稻研究中心，了解杂交稻研究情况，看望"杂交水稻之父"袁隆平院士。

试验田里超级水稻长势喜人，饱满的谷穗握在手里沉甸甸的。

温家宝走上前去，紧紧握住袁隆平的手："袁老师，您到我的办公室来看过我，今天我到您的稻田来看您。"

袁隆平激动地说："谢谢总理。我们旁边这块田就是总理支持的超级水稻试验田，晚稻亩产可达700公斤，中稻亩产可达800公斤。"

温家宝说："我想到你们的研究中心坐坐，听听你们对杂交水稻研究的意见和建议。"

温家宝坚持请袁隆平先上车，并坐在靠窗的座位，一起来到研究中心。

袁隆平介绍了我国的水稻种植情况："全国水稻面积4.5亿亩，其中杂交水稻2.6亿亩，杂交水稻研究已顺利完成亩产800公斤的二期目标，目前正向亩产900公斤的三期目标冲击。"

"好。"温家宝说。

在仔细听完袁隆平的介绍和对C4水稻、新型杂交粳稻选育工作的建议后，温家宝对研究中心的全体职工说："袁老师研究发明的超级稻有重大科学价值，在我国大面积推广种植后累计增产粮食4000多亿公斤，为中国人养活自己作出了重大贡献。发展农业要靠政策，靠投入，归根结底要靠科学技术。"

胡锦涛到河南进行考察

2005年8月的中部地区,树绿山青,天蓝水碧,到处洋溢着盎然生机。

实现中部地区经济社会又快又好发展,事关我国经济社会发展全局,事关全面建设小康社会全局。

胡锦涛专门就此问题到河南、江西等地进行实地考察。

8月19日至20日,胡锦涛在河南省委书记、省人大常委会主任徐光春,省委副书记、省长李成玉,省委常委、省委秘书长李柏拴等陪同下,深入企业车间、田间地头,同干部群众亲切交谈,实地考察当地的经济社会发展情况。

19日10时45分,胡锦涛来到河南新飞电器有限公司。

河南新飞电器有限公司崛起于改革大潮,成长于市场风雨之中,是中国冰箱、冷柜、空调等家电的领军企业,也是中国最大的绿色环保冰箱生产基地。

胡锦涛的到来使新飞每一名员工无比兴奋和喜悦。

一件雪白的短袖衬衣,一条米黄色的平布长裤,胡锦涛一身洁净、朴素的装束让人感到特别亲切自然。

胡锦涛神采奕奕地健步走来,满面笑容地与大家亲切握手。看到有的工人师傅不好意思上前与他握手，胡锦涛就主动走上前去，和蔼地握住了他们的手。

"跟电视里一样，一点都没变。总书记那么儒雅，那么朴实，那么亲切，一点架子都没有！"员工们忍不住兴奋地表达着自己的感受。

"上半年产量有多少？"一走进新飞偌大的展厅，胡锦涛就关切地向新飞的老总李根询问。

"198万台。比去年同期增长了19%，销售收入28亿元，增长28%。"

看到有一款变频冰箱一天才耗电0.29度时，胡锦涛非常感兴趣地问："这么低？这很好，符合节能的要求。冰箱主要是用电，节能才能够降低使用成本。"

李根说："新飞这几年开发的节能健康产品，都是按照中央建设节约型社会，坚持可持续发展，坚持人与自然和谐发展的要求来做的，目前新飞的节能技术已经居同行业和国际节能技术的前列。"

胡锦涛听了连连点头。

"当前世界冰箱的发展潮流是什么？"胡锦涛又很感兴趣地问。

李根介绍说："环保、节能、健康。这也是新飞不断追求的目标！"

胡锦涛赞同地说："现在对环保的要求越来越高，达不到环保标准，产品就不可能开拓国际市场。健康问题越来越受到人们的重视，存放食品要卫生，这就要求冰箱要能够杀菌。"

胡锦涛又关心地问："农村市场情况怎么样？"

李根说："农业税减免后，极大地拉动了农村消费，今年冰箱在农村的销量明显增长。"

胡锦涛听了，分析说："之所以出现农村市场需求旺盛，主要是农民收入增加了，手里有钱了。另一方面是农村电网改造之后，电力有了保证，电价也下降了，今后农村消费潜力很大。我们提出要建立社会主义新农村，这篇文章要做好。"

在机声隆隆的生产车间，胡锦涛来到了钣金工李永庆的身边。

一抬头看到胡锦涛，李永庆激动得脸都红了。

胡锦涛向李永庆握手问好，并亲切地问："你来厂几年了？"

李永庆说："我是1996年来的。"

"哦，那这个厂房刚建好你就来了。"刚才李根曾向胡锦涛介绍说这个厂房是1996年建起来的，没想到他一下子就记住了。

胡锦涛接着问："这两年公司效益还好吧？一个月有多少收入？"

李永庆说："效益不错，一个月能拿一千五六。"

胡锦涛问："收入怎么定的？"

李永庆说："跟产量和质量挂钩，也跟季节有关。"

机器转动的响声很大，李永庆的声音显得有些小，胡锦涛不时地侧耳细听，生怕听不到他的话。

在二楼总装线，胡锦涛亲切地握住负责质量检验工作的李庆林师傅的手询问："你都检查什么内容？"

"冰箱充注前检查所有不合格项目。"

看见李庆林手里拿着一条毛巾，胡锦涛又问："你拿毛巾干什么用？"

李庆林答："擦冰箱胆内和门上的脏物用。"

胡锦涛再次与李庆林握手说："辛苦了！"

临行前，胡锦涛对李根说："一流的产品需要有一流的管理，这样才能创造一流的效益，而最主要的还是要有一流的人才！"

徐光春补充说："有了一流的人才，新飞才能飞得更高啊！"

李根说："要爱惜人才，以人为本，总书记的话，我记住了。"

华兰公司是外商投资的股份制企业，在业内名气很大。它是国家定点从事生物制品研究开发和生产的国家级重点高新技术企业，主要从事血液制品和预防用生物制品的生产和研究，多次创下行业第一。

在企业展厅，公司总经理安康向胡锦涛介绍相关情况。

当听到介绍公司当时正在研发报批菌疫苗产品，准备投资4亿元建设菌疫苗生产基地，争做国内最好最大的生物制品企业时，胡锦涛说："哦，你们还有菌疫苗产品？"

胡锦涛认真观看样品，询问有关技术，然后满意地点了点头。

随后，胡锦涛穿上白大褂，戴上工作帽，套上工作鞋套，来到车间。

由于生产采取了计算机控制，没有了手工操作，偌大的生产车间整洁有序，寂静无声。

胡锦涛先后来到低温血浆分离车间、巴氏灭活间、包装车间，详细了解制品的安全性，观看了全自动包装的全过程，对企业的自动化生产予以称赞。

胡锦涛殷殷叮嘱企业领导："要时刻牢记关爱生命，以人为本，要特别注重建立完善的质量安全保证体系！"

临走前，胡锦涛还关心地问："根据你这么多年的体会，河南企业的投资环境怎样？"

安康说："河南越来越重视打造良好的经济发展和投资环境了，省、市领导经常帮助我们解决企业发展过程中的困难，在这里发展能够得到党委政府的高度重视，我们感觉河南的投资环境不比沿海差，中原崛起指日可待。"

胡锦涛脸上泛出笑容。

不顾旅途劳顿，当天14时30分，胡锦涛来到了河南金龙精密铜管集团公司。

该公司是国内最大的精密铜管生产企业，拥有颇具实力的科研开发创新基地，并以强势的规模经营跃入国际制冷精密铜管制造前三强，年生产能力22万吨。

当得知全世界精密铜管的年生产能力是150万吨时，胡锦涛略一思考，兴奋地说："那你们可是占了全世界七分之一的产量啊！"

公司董事长李长杰自信地向胡锦涛汇报说："再过几年，生产能力要达到五分之一。"

胡锦涛高兴地说："就是要不断提高市场竞争意识，你们要盯住目标，继续做大做强，在市场竞争中站稳自己的位置，同时要加强管理，一定要在企业内部管理上下功夫，提升企业的管理水平。"

胡锦涛看到一根根铮亮的铜管从现代化的工业生产线生产出来，很感兴趣地向李长杰询问了解铜管的生产工艺，特别是抗氧化处理问题。

在铜管轧机旁，当了解到冷却轧管的冷却水是循环使用后，胡锦涛满意地点了点头。

在产品展台前，胡锦涛还饶有兴致地透过显微镜观察铜管内的齿形螺纹，看了一种，又拿起放大镜观察起另一种产品。

胡锦涛对金龙的市场形势非常关注，听李长杰介绍说公司建立了完善的营销体系，不仅在国内设立了10多个销售办事处，而且还大踏步向国际市场迈进，加速国际化进程时，胡锦涛称赞说："现代化的企业首先是国际化的企业，你们向国际市场拓展的目标是正确的。"

听说金龙集团与中国科学院金属研究所、清华大学、日本岐阜大学的 28 位院士、教授等业界精英密切合作，不断进行技术改造和科技创新，不断推出新产品、新技术，拥有专利 41 项，确保了集团公司在国内外的技术领先地位时，胡锦涛非常兴奋。他不住地鼓励说："很好，很好！我们一定要依靠自我搞好创新。我们应当高度重视拥有自主知识产权，要把提高企业自主创新能力作为推进产业结构调整的重点。我们不仅要坚持引进国外的先进技术，还要注重把引进与消化、吸收、创新相结合，创新可以是原始创新，也可以是消化吸收再创新，开发出了具有自主知识产权的核心技术和关键技术，企业才能增强核心竞争力，才能在世界经济的大舞台上立于不败之地。"

胡锦涛对金龙的发展模式非常赞赏："提高企业自主创新能力，要做到你有我优。现在产业趋同化现象严重，你搞什么，我也搞什么，造成重复建设。金龙走专业化的路子是对的，就是做铜管，没有跟着别人盲目地多元化。现在国际国内市场这么大，分工越来越细，一个小产品，只要做强了，有自主创新能力，发展的空间同样很大。"

谈起企业的自主创新，胡锦涛是那么兴奋，那么充满激情。

智者存高远，高者出云天。胡锦涛的叮嘱使在场的每一个人深受启发。

胡锦涛非常关心"三农"问题："农民的日子过得怎

样？农村的面貌有没有变化？群众都还有哪些困难？……"

19日16时左右，胡锦涛来到朗公庙镇大泉村的田间地头。

村民史传芬正在玉米地里忙活，胡锦涛沿着一条窄窄的田间小道径直来到她的身边。

胡锦涛亲切地握了握她的手，与她话起了农桑。

胡锦涛首先详细询问了她家的粮食种植品种、亩产情况以及售粮情况。

"收成很可观，群众很满意，这都是党的好政策，社会主义优越。"史传芬快人快语地说着，然后掰下一个玉米，剥开，露出了饱满的玉米粒。

胡锦涛欣喜地接过玉米，与农户一起分享丰收在望的喜悦。

"中央对农民的优惠政策，你都知道吗？"

"知道。"

"种粮直补落实了没有？"

"都落实了。俺是18块多！一亩地是16块多，俺是一亩一分多地。"

"既然对中央的政策很满意，希望你们把地种好，多打粮食！"

"家里生活怎么样？有什么困难吗？"

"生活可好啦！我们农民的日子好着哩。"

"你有车吗？"

"有，我有一辆农用车，摩托车有两辆哩。现在俺村每户都有一到两辆摩托车呢！"

"你种地都骑摩托车来？"

"是的，干活都是骑着摩托车过来。快得很。"

"除了种地还干点啥？"

"在本村企业打工，收入也不错，真没想到今天能在自家的玉米地里亲眼见到总书记，谢谢总书记对俺的关心。"史传芬掩饰不住内心的激动。

从史传芬家的地里出来后，胡锦涛又来到曲水村的一块水稻田，与正在田里干活的村民荆怀方聊了起来。

阳光照在农田，照出了绿色的生机；阳光照在千家，温暖了百姓的心扉；阳光照在中原大地，照亮了中原崛起的新征程！

胡锦涛到江西进行考察

2005年8月20日,胡锦涛和随行的中央政治局候补委员、中央书记处书记、中央办公厅主任王刚以及有关部委领导,在江西省委书记孟建柱、省长黄智权等陪同下来到了千年瓷都景德镇。

11时,一辆浅黄色中巴在景德镇市青山环绕、环境优雅的清代古窑旁停下。

身着白衬衫的胡锦涛从车上走下,他面带微笑,频频向游客挥手致意,让在场的人兴奋不已。

胡锦涛饶有兴致地观看古作坊和镇窑遗址。

在古作坊,72岁的陶艺工人王师傅看到总书记与自己面对面,激动地说:"我在电视里看过您。只要是哪里有困难,总书记就在哪里!"

王师傅执意要用古老的拉坯车旋坯工艺,完完整整做一个碗坯给胡锦涛看一看。

老人一气呵成,拉出一个里外光洁的碗坯。胡锦涛带头鼓起掌来……

在机器轰鸣、传送带飞转的陶瓷生产车间,当得知公司高温快速烤花窑生产的釉中彩高档日用细瓷,"无铅、无镉、无毒、耐高温",被誉为"国际绿色产品",成为中南海、人民大会堂、上海亚太经济合作组织会议专用瓷，产品畅销欧美等国家时，胡锦涛十分高兴。

青年女工邱赛珍正在全神贯注给瓷盘贴花。胡锦涛停住脚步，与她亲切地交谈起来。

"你在这里干了多少年？"胡锦涛问。

"我在工厂工作了8年。我们在这里干活很开心，今天见到总书记更开心哩！"邱赛珍满脸幸福地说。

"工厂效益好不好？"

"我的工种拿的是计件工资，一个月有1000多块。"

"还满意吗？"

"满意！满意！"

"你满意，我也高兴！"胡锦涛欣慰地笑了。

邱赛珍拿起一块手巾，擦干双手后，抿嘴想了想说："总书记，我可以和您握个手吗？"

"当然可以。"胡锦涛向她伸出热情的手。

胡锦涛离开现场后，邱赛珍按捺不住内心的兴奋，欣喜地说："总书记的手很温暖，我实在太激动了！总书记亲切随和，很体贴我们老百姓。"

11时30分，胡锦涛一行驱车前往德宇集团农业生态园考察。

公司董事长刘浩元欣喜地请胡锦涛又是看生物技术保鲜茶生产线，又是看琳琅满目的天然有机食品。

听到刘浩元介绍公司不仅开发利用了茶叶保鲜、大米保鲜等技术，还将申报一项专利，改变传统的用开水泡茶叶的习惯，出差开会不必再带茶叶，放片剂照样可以喝上清新的绿茶时，胡锦涛高兴地说："好，要坚持技术进步。"

刘浩元如数家珍："我们过去茶叶的包装比较传统，卖给日本商人的绿茶，才10元钱一斤。通过打响品牌、提高技术，现在卖到日本的茶叶连续三年达到千元一斤。"

胡锦涛频频点头，说："我们中国的农业产品要走向世界，就要有好的品牌、好的质量、好的技术、好的包装。"

离开时，胡锦涛握着刘浩元的手说："你们为农民兄弟做了一件大好事。"

胡锦涛接着说：

> 农业产业化龙头企业在市场和农户之间搭起了一座桥梁，对农民致富起到了很好的带动作用。我们就要关心农民、支持农民、帮助农民致富。

14时40分，胡锦涛一行来到我国直升机科研生产基地，即昌河飞机工业集团有限责任公司考察。

"胡总书记好！胡总书记好！"

正在直升机铆装厂房忙碌的工人们对胡锦涛的到来报以热烈的掌声。

胡锦涛不时地挥手向员工们致意，亲切地与身边的工人握手。

胡锦涛来到刚从技校毕业进厂一个月的青工胡庆大面前,问道:"你工作多长时间了?谁是你的师傅呀?"

胡庆大一一作答,他的师傅、30多岁的女青工林丽兴奋地说:"总书记好!我参加工作12年了。"

一旁的铆装车间主任林文成接着说:"她是高级工,技术不错。"

胡锦涛微笑着点点头,风趣地对胡庆大说:"师傅也挺年轻的嘛,就带徒弟了,再过几年你也成师傅了,也可以带徒弟了。"

工人们开心的笑声在厂房响起。

走进宽敞明亮的直升机总装厂房,胡锦涛来到一架直11警用型机面前驻足观看,仔细询问该机的性能、特点、用途等方面情况。

听着介绍,胡锦涛看着聚集在四周的昌飞干部员工,动情地高声说道:"你们是企业的脊梁,攻克难关的坚强后盾!"

胡锦涛勉励昌飞人要进一步为民族工业和国防建设作贡献。

胡锦涛强调:

要大力提高科技创新能力,特别是原始性创新能力;大力提高集成创新能力和引进、消化、吸收再创新能力。要瞄准世界科技发展的前沿，坚持有所为、有所不为，明确自主创新的战略目标，努力实现关键技术和核心技术的突破。

8月21日8时40分，胡锦涛结束考察离开景德镇。时间虽短，但胡锦涛不辞辛劳，深入景德镇的城市、企业、科研院所，就落实科学发展观、构建社会主义和谐社会等进行调研，与当地干部座谈，共商促进中部崛起大计。

胡锦涛殷切寄语江西：

江西地处长江中下游地区，又与我国经济最发达的长江三角洲、珠江三角洲和闽东南三角洲紧密相连，地理位置非常优越，自然资源比较丰富，生态环境良好，劳动力成本也比较低，具有独特的发展优势和广阔的发展前景。可以、也应当在促进中部地区崛起中有更大的作为。

胡锦涛接着说：

近年来，江西从自身的特点和优势出发，大力实施开放带动战略，提出了对接长珠闽、融入全球化等发展思路。在前不久召开的省委十一届八次全会上,又提出要以建设和谐社会为基础,以加快富民兴赣为目标,推动江西在新的起点上实现新的发展。这些发展思路和政策措施符合中央的精神,符合江西的实际,符合全省干部群众的愿望,一定要坚持不懈地抓落实,努力推动江西经济社会实现又快又好的发展,在促进中部地区崛起当中交出一份优异的答卷。

中部崛起写入"十一五"计划

2005年10月,金秋的北京天朗气清。

8日至11日,党的第十六届中央委员会第五次全体会议在北京举行。

党的十六届五中全会是在中国即将完成"十五"计划,进入全面建设小康社会的关键时期召开的一次重要会议。

全会由中央政治局主持。胡锦涛作了重要讲话。

全会听取和讨论了胡锦涛受中央政治局委托作的工作报告,审议通过了《中共中央关于制定国民经济和社会发展第十一个五年规划的建议》。

温家宝就"建议(讨论稿)"向全会作了说明。

这份文件指出:

中部地区要抓好粮食主产区建设,发展有比较优势的能源和制造业,加强基础设施建设,加快建立现代市场体系,在发挥承东启西和产业发展优势中崛起……

国家继续在经济政策、资金投入和产业发展等方面,加大对中西部地区的支持。

各地区要根据资源环境承载能力和发展潜

力，按照优化开发、重点开发、限制开发和禁止开发的不同要求，明确不同区域的功能定位，并制定相应的政策和评价指标，逐步形成各具特色的区域发展格局。

2006年3月27日，中共中央政治局召开会议，研究促进中部地区崛起工作。

胡锦涛主持会议。

会议指出：

促进中部地区崛起，是党中央、国务院继做出鼓励东部地区率先发展、实施西部大开发、振兴东北地区等老工业基地战略后，从我国现代化建设全局出发作出的又一重大决策，是落实促进区域协调发展总体战略的重大任务。

会议强调：

中部地区崛起是一项长期的战略任务。

1. 要坚持深化改革和扩大对内对外开放，推进体制机制创新，发挥市场配置资源的基础性作用；

2. 坚持依靠科技进步和自主创新，走新型工业化道路；

3. 坚持突出重点，充分发挥比较优势，巩固提高粮食、能源原材料、制造业等优势产业，稳步推进城市群的发展，增强对全国发展的支撑能力；

4. 坚持立足现有基础，自力更生，国家给予必要的支持，着力增强自我发展能力；

5. 坚持以人为本，统筹兼顾，努力扩大就业，逐步减少贫困人口，提高城乡公共服务水平，加强生态建设和环境保护，促进城市与农村、经济与社会、人与自然和谐发展。

2006年4月15日，中共中央、国务院发出《关于促进中部地区崛起的若干意见》。要求把中部地区建设成全国重要的粮食生产基地、能源原材料基地、现代装备制造及高技术产业基地和综合交通运输枢纽，使中部地区在发挥承东启西和产业发展优势中崛起。

2006年5月，为贯彻落实《中共中央国务院关于促进中部地区崛起的若干意见》提出的一系列政策措施，国务院办公厅发出了《关于落实中共中央国务院关于促进中部地区崛起若干意见有关政策措施的通知》，明确了对于贯彻落实促进中部崛起政策措施国家有关部门的职责分工事项。

2007年1月，国务院办公厅下发《关于中部六省比照实施振兴东北地区等老工业基地和西部大开发有关政策范围的通知》，确定中部地区 26 个地级以上城市比照实施振兴东北地区等老工业基地有关政策，243 个县、市、区比照实施西部大开发有关政策。

与此同时，中央各部委出台了一系列促进中部崛起的政策措施。

比如，商务部推出"万商西进工程"；交通部联合中部 6 省交通主管部门编制《促进中部地区崛起公路水路交通发展规划纲要》；财政部、国家税务总局联合印发《中部地区扩大增值税抵扣范围暂行办法》；海关总署也出台 10 条措施支持中部地区的进一步扩大开放。

2007 年 4 月 10 日，国家发展和改革委员会宣布，在发展改革委设立国家促进中部地区崛起工作办公室。

这是自 2000 年设立西部办、2004 年设立东北办后，成立的又一个区域协调和规划机构。

中部办的设立，标志着中部地区崛起进入了更具操作性的实施阶段。

中部办主要负责研究提出中部地区发展战略、规划和政策措施，促进中部地区崛起有关工作的协调和落实。

二、战略实施

- 2007年6月11日,荆楚迎来又一个历史性的时刻,湖北省人民翘首期盼的中国共产党湖北省第九次代表大会,在武昌洪山礼堂隆重开幕。

- 2004年10月1日,湖南省政府机关集体大"搬家",从市中心的五一中路,南移15公里,迁入城南新址。

- 当时,现场展示了一幅江西"天"字形高速公路主网架图。

湖北着力打造武汉城市圈

2007年12月14日,国务院正式批准武汉城市圈为"全国资源节约型和环境友好型社会",即"两型社会"综合配套改革试验区。

湖北因处长江中游的洞庭湖之北,故称湖北。

农业,湖北拥有江汉平原。

工业,湖北拥有:一是武钢一米七轧机;二是十堰中国第二汽车制造厂;三是三三零工程,即宜昌葛洲坝水利枢纽。

人才,武汉高校云集。

区位,湖北乃"九省通衢"。

在荆楚大地,"中部崛起"的呼声从未停止过。

1987年5月27日,湖北省委常委会扩大会议上提出了湖北在中部崛起的构想;1987年12月,在省委四届八次全会上正式提出了湖北"在中部崛起"战略。

从1994年年底开始,湖北省委、省政府主要领导在不同场合多次提到要加快实现"湖北振兴崛起"的口号。

1995年湖北省委六届四次全会上通过的《关于制定全省国民经济和社会发展"九五"计划及2010年远景目标的建议》,正式提出湖北要加快实现"振兴崛起"。

然而,在新型工业化的时代变奏中,湖北不仅没能先声夺人，反而被时代抛在了后面。

曾几何时，湖北渐渐滑入了无数个"是"与"不是"的尴尬处境：是农业大省，但不是农业强省；是科教大省，但不是科教强省；是人才大省，但不是人才强省；是人口大省，但不是财政大省……

背负着"九省通衢"盛誉的湖北，被一个又一个兄弟省、市悄然超越，各项经济指标在全国的位次颓然下滑。

但这并没有熄灭湖北崛起的雄心壮志。

在十届全国人大二次会议上，"促进中部地区崛起"提升为国家战略。

浩荡东风平地起，正是满帆快进时。面对历史性的机遇，省委书记俞正声激情满怀，道出6000万荆楚儿女的共同心声：

> 我们要以强烈的进取精神，务实的工作作风，紧紧抓住发展机遇，顽强拼搏，扎实苦干，经过艰苦的努力，把"中部凹陷""不东不西、不是东西"的帽子扔到长江去！

2004年12月24日至25日，湖北省委、省政府在武昌召开全省经济工作会议。

俞正声在会上作重要讲话。省长罗清泉部署2005年经济工作。

会议提出2005年经济工作的总体要求：

牢牢把握国家加强和改善宏观调控、实施稳健的财政货币政策和"促进中部地区崛起"的战略机遇，进一步加大改革开放、结构调整和转变经济增长方式的力度，加快推进新型工业化，加快推进农村改革与发展，加快推进县域经济和民营经济发展，加快推进武汉城市圈建设，着力解决经济社会发展中的突出矛盾和关系群众切身利益的突出问题，促进经济社会全面协调可持续发展，圆满完成"十五"计划，为实施"十一五"计划奠定坚实基础。

为了抓住"中部崛起"这个大机遇，湖北省提出的战略目标是：

把湖北建设成重要的农产品加工生产区、现代制造业聚集区、高新技术发展区、现代物流中心区。

为实现这一战略目标，湖北把提升武汉城市圈的整体竞争力，推进武汉城市圈基础设施建设一体化、产业布局一体化、区域市场一体化和城乡建设一体化，进一步发挥其在全省经济发展中的作用作为重中之重。

2004年4月7日,湖北省委办公厅、省政府办公厅转发了省发改委《关于加快推进武汉城市圈建设的若干意见》。7月6日至7日,湖北省委、省政府在武汉召开了推进武汉城市圈建设工作会议。省委书记俞正声提出,要充分发挥武汉的龙头作用,加快推进武汉城市圈建设。

武汉城市圈建设由此全面启动。

所谓武汉城市圈,是指以武汉为中心,以100公里为半径的城市群落,包括武汉及黄石、鄂州、孝感、黄冈、咸宁、仙桃、潜江、天门等8个周边城市。这一区域占湖北省33%的国土面积。

在中国城市发展史上,能和"大"字连在一起的,除了大上海,就是大武汉。

对这座城市的区位,著名经济学大师张培刚有两个形象的比喻。他说:"如果把长江比作一条蛇,那么,武汉则是蛇之'七寸';如果把中国比作两把摊开的折扇,那么,武汉则是连接这些扇骨子的轴心。因此,武汉也被喻为中国经济大棋盘上的'天元'。"

中华人民共和国建立之初,得力于新中国的产业布局,处在扇形经济交会点上的武汉,独揽了国家重点投资项目的四分之一。武钢、武重、武锅、武船等一批响当当的"武"字头企业拔地而起,使武汉一跃成为新中国的工业重镇。"大武汉"实至名归。

1982年,在全国19个副省级以上城市中,武汉的工业总产值、工业净产值、工业固定资产原值与实现的利税额，均居第四位。

空前昌盛的制造业，催生了金融业的勃兴、商业的繁荣以及物流业的兴起。全国商业中心、金融中心、科教中心、贸易中心……一个个闪光的头衔，使武汉一度拥有"东方芝加哥"的美誉。

然而，这一座襟江达海的大都市，在随后 20 多年的历史演进中，却渐失光彩。

2002 年，在全国 19 个副省级以上城市中，武汉的城市综合竞争力指数滑落至第十四位，排列在青岛和宁波之后。

就连武汉人一直引以为荣的商贸，也被甩在了时代的后面。作为小商品集散地的优势，开始被许多中小城市瓜分。

20 多年来一直"驾乎津门，直逼沪上"的外贸出口，竟落在了 10 多个城市的身后。

面对良好的发展机遇，作为湖北龙头老大的武汉人开始放下架子：武汉市组成党政代表团先后到天门、鄂州、黄冈、咸宁等市考察；圈内各城市通过高层领导互访、专家研讨会、情况通报会、项目协调会等多种形式，加强了城市间交流合作。

联动也开始了。城市圈内 9 个市的对口部门加强了互动协作。

各市的发改委、交通局、建设局、工商局、科技局、人事局、农业局等都进一步加强了相互沟通与合作，共同研究促进城市圈建设工作。

2007年6月11日,荆楚迎来又一个历史性的时刻,湖北省人民翘首期盼的中国共产党湖北省第九次代表大会,在武昌洪山礼堂隆重开幕。

二楼眺台上悬挂着"坚持科学发展,推进改革创新,为构建促进中部崛起的重要战略支点而奋斗"的巨型横幅。

大会由罗清泉主持。

俞正声在报告中提出:

> 今后五年的奋斗目标是:
>
> 紧紧围绕构建促进中部地区崛起的重要战略支点,着力推进小康湖北、创新湖北、法治湖北、文明湖北、和谐湖北建设,使全省经济社会发展迈上一个新的台阶。
>
> 到2012年,全省经济更加发达、法治更加完善、文化更加繁荣、社会更加和谐、环境更加优美、人民更加富裕。

当历史掀开2009年的新一页,一组数据为武汉城市圈进一步的建设进程打下坚固地基。

武汉城市圈的龙头武汉市,连续14年以11%以上速度增长之后,2008年主要经济指标完成且超额完成年度目标。

湖南打造长株潭一体化

2007年12月,经国务院批准,中部地区的长、株、潭城市群成为"全国资源节约型和环境友好型社会",即"两型社会"综合配套改革试验区。

全国城市群中,长、株、潭可谓结构独特。

打开湖南地图,我们发现,长、株、潭三市鼎足而立,彼此相距不足50公里。

地理上的咫尺之遥,让这三座城市自20世纪50年代便产生了"牵手"的念头。当时,以政治为背景,有人提出三市合一,取名"毛泽东城",但没有实现。

20世纪80年代,当广州、上海为周边带来巨大效应时,亟待经济起飞的湖南,萌发了打造自己的特大中心城市的梦想。

当时,湖南无一座重量级的经济中心城市,省会长沙的综合经济实力在全国排位30名之后。

1982年12月,湖南省政协四届六次会议上,政协委员张萍提出:"湖南有个非常稀缺的城市资源,长、株、潭城市群。把长沙、株洲、湘潭在经济上联结起来,形成湖南的经济中心。若三个城市整合,当时的工农业总产值和总人口在全国中心城市中排第九位,城区工业总产值排第十一位。"

张萍的构想，与湖南人对特大城市的渴望不谋而合。

1985年，湖南省政府设立长、株、潭经济区规划办公室，长、株、潭经济一体化开始上路。

长、株、潭规划办成立后，每个星期一都会召开办公会议，由省计委协作办的官员和长、株、潭三市的计委副主任参加。在更高层面，从1985年到1986年6月之间，先后召开了三次市长联席会议和12个行业的经济技术协调会。

长、株、潭一体化第一次启动时，是从大项目的联合开发入手。长株潭规划办公室在开完第一次办公会议后，就深入长、株、潭三市举办座谈会。在每个城市，他们都会询问同样的问题：你们认为长、株、潭应该联合开发哪些项目，然后把答案列成一个单子带回长沙。一个星期后，经过筛选，长、株、潭规划办整理出需要联合开发的十大工程。

第一次长、株、潭一体化的进程就这样热火朝天地开展起来。但到了1987年，限于条件，发展举步维艰。

20世纪90年代，眼瞅着长三角、珠三角等一个个城市群迅速崛起，湖南人在焦灼中更加清醒地意识到，一个内陆省份，没有规模大、实力强的重量级城市，不改变"小马拉大车"的经济格局，势必在全国区域经济分工中处于被动地位。

几经论证，1995年，湖南省第七次党代会提出了建设"一点一线"的构想：以长沙为点，以沿京广和沿湘江为线，建立优先发展区域带。

1997年3月，湖南省委、省政府主要领导主持召开了长、株、潭三市领导和省直有关部门领导参加的"长、株、潭座谈会"。之后，成立长、株、潭经济一体化协调领导小组，由时任省委副书记的储波担任组长。

1999年，湖南再度提出，将"一点一线"中的"点"由长沙拓展为长、株、潭。

至此，酝酿多年的长、株、潭经济一体化，真正成了湖南实现跨越式发展的战略举措。

2004年10月1日，湖南省政府机关集体大"搬家"，从市中心的五一中路，南移15公里，迁入城南新址。

这并非一次简单的搬家。从酝酿到实施，湖南省高层领导由此传递出一个明确的信号：南拓长沙，牵手株、潭。

距离湘潭仅有20公里的长沙城南，一直被规划专家视为长、株、潭一体化的前沿阵地，长、株、潭城市群的核心区。

湖南省政府南迁之举，也因此被专家誉为长、株、潭经济一体化的里程碑。

事实上，紧随湖南省政府之后，湖南省地质博物馆、市科技馆、青少年活动中心等一批省、市重大建设项目也纷纷抢点城南，以至长沙大道两侧的楼盘、土地非常火热。

打造长、株、潭经济一体化平台，湖南上上下下都在发力。

2003年5月，湖南联通发布消息：取消长、株、潭三市码分多址手机用户的长途、漫游费，两地通话，按当地市话标准计费。

随后，银行开通居民储蓄通存通兑，票据清算变异地为同城，三个市的市民超前享受到银行异地转账当日通和跨行异地消费的便利。

湘潭改造道路与长沙对接；株洲改造道路与湘潭对接；长沙南拓芙蓉路，接应湘潭。同时，每条大道沿线设立可停靠的公交站牌，开通公交线路，让三地市民乘公共汽车就能串门。

"交通同管、电力同网、金融同城、信息同享、环保同治"，长、株、潭经济一体化不再是遥不可及的远景。

但湖南的决策者并不满足于此。湖南省委书记杨正午反复强调："推动长、株、潭经济一体化，根本举措是大力推进产业集群化。"

产业集群化，湖南把制造业定为突破口。

2003年，湖南对长、株、潭的产业结构进行大调整：长沙大力发展电子信息、机械、食品；株洲以发展轨道交通设备、有色冶金为主；湘潭则以黑色冶金、电机业为支柱。通过产业的大规模聚集，形成"块状经济"，使上下游企业高度聚集，延伸产业链。

2004年10月，湖南省决策者聚会株洲。会议的主题只有一个：如何加速推进长、株、潭经济一体化，为湖南在中部崛起抢占先机。

会上，长沙、株洲、湘潭等市及省直20多个厅局的一把手依次发言，汇报一年内为推进一体化所做的具体工作。"完全就是一场考试，有些厅局真为这事急得跳脚。"

湖南省省长周伯华说："湖南要崛起于中部，关键在城市圈的崛起，实质在产业群的崛起，做强'一点'，是必然选择，壮大'一线'，是希望所在。"

2006年起，湖南陆续实施了4个"一"的政策；三市实行了同一个规划；三市还实行同一个财政政策；三个城市还实行了同一个关于环保的政绩考核标准；最后，三个城市成立同一支环保执法队伍。在省环保局设立长、株、潭执法大队。

2006年年底，湖南省调整了"五同规划"的部分内容，将电力同网改为能源同体，金融同城改为生态同建。长、株、潭一体化从此有了新的目标。

2006年，长、株、潭三市全年实现生产总值2807亿元，占湖南省的38%，一般预算收入也同样占到了全省的38%。省委书记张春贤说："长、株、潭未来是湖南区域经济的中心，是引领发展的火车头、核心动力。"

2006年6月，湖南省政府向国家发改委正式递交了关于在长、株、潭地区设立综合配套改革试验区的申请，从此加入众多城市对综改试验区的竞争之中。

在长、株、潭加入综改试验区的竞逐后，湖南省加大了对长、株、潭一体化的推进力度。

2006年6月,湖南省召开了第一届长、株、潭三市党政领导联席会议。书记、市长共同签署了《长株潭区域合作框架协议》,就4个方面达成了14点共识,并且审议通过了《长、株、潭三市党政领导联席会议议事规则》,签署了《长、株、潭工业合作协议》《长、株、潭科技合作协议》《长、株、潭环保合作协议》。

2006年8月底,国家发改委经济体制综合改革司司长孔泾源前往长、株、潭调研综合配套改革一事。

孔泾源先后考察了长、株、潭三市的高新技术开发区,走访了有代表性的国有企业、民营企业和外资企业,参观了湘江生态经济带,并详细了解长、株、潭城市群的区域规划和产业布局情况。

考察后,孔泾源对长、株、潭的评价是:

>   长、株、潭城市群特色相当鲜明,区域规划先行一步,发展和改革的思路清楚,目标明确,符合科学发展观的理念,符合党中央、国务院促进中部地区崛起的战略决策精神。

山西建设新型能源基地

2004年,山西省委、省政府召开全省经济结构调整会议时提出:

建设国家的新型能源和工业基地。

从能源基地到新型能源基地,增加两个字,承载的是一个能源大省的坎坷历程。

山西省省长张宝顺说:

这是山西经过多年探索,在经济结构调整认知上的一次升华。

1980年5月,《人民日报》发表社论,提出:

尽快把山西建成强大的能源基地。

"每4分钟,就有一列运煤车驶出山西。"一位有心人士的统计数据,是山西作为全国能源大省的真实写照。

山西118个县市,其中94个产煤;煤炭资源探明储量2724.99亿吨,占到全国三分之一;大小煤矿4760多个，产量占到全国的四分之一。

有人形象地比喻，如果用山西外运的煤炭修筑截面为49平方米的城墙，可以建成49条万里长城。

然而，在为全国经济"输热"的同时，山西自己却跌入了发展的"寒冬"。

1999年，全国煤炭市场陷入低迷，山西煤炭工业随之一蹶不振。

"一个大同矿务局，上万名职工，每人每月的收入竟不足200元。"

回想当时的情形，山西煤炭工业局办公室主任丁钟晓仍觉心寒。

成也煤炭，败也煤炭。对煤炭资源的过分依赖，让山西人体会到了"煤衰城衰"的辛酸。

就在这一年，山西省财政总收入出现了1986年后的第一次负增长，城镇居民人均可支配收入跌至全国倒数第一。

还是这一年，在国家环境监测总站公布的全国30个污染最严重的城市中，山西占了13个，而且包揽了前5名。

震惊、失落、反思、阵痛，在20世纪末交替刺激着山西人的神经。

1999年11月，在一个不产煤却是当时全省经济发展速度最快的城市运城，山西省召开了一次历史性的会议，做出了一个历史性的选择：对经济结构进行战略性调整。

2001年10月，以山西煤电集团、汾西矿业集团、霍州煤电集团为主体，我国最大的焦煤企业，即山西焦煤集团公司宣告成立。

这个"煤炭航母"的横空出世，拉开了山西煤炭工业结构调整的序幕。

此前，尽管煤炭业创造了全省生产总值的近三成，但小、弱、散的毛病，山西煤炭企业一个也不少。"当时，全省7500多处煤矿，年产煤3.1613亿吨，平均一个煤矿年产煤仅5.65万吨。"

落后的采掘方式，带来资源的巨大浪费。"一个乡镇煤矿，回采率只有20%至30%，资源回收率则不足15%。如此作业，让山西在20年内累计浪费煤炭资源量近300亿吨。"

限小扶大、淘汰落后。1999年，在大刀阔斧关闭小煤矿的同时，山西决策者开始酝酿整合省内资源，打造"煤炭航母"。

重建后，焦煤先后并购、改造了晋中、吕梁、临汾等12座地方煤矿，率先走上了一条大矿联合改造地方小矿的新路子。

到2004年，公司没有投产一个大矿井，但煤炭产量却比2000年翻了一番，销售收入增长1.7倍。

2004年上半年，他们再度出手，吸纳山西中南部骨干焦煤企业，目的就是打造中国最大的焦煤生产基地。

与焦煤集团并称为山西煤炭"双子星座"的大同煤

矿集团公司完成重组、以晋城无烟煤集团为核心的中国最大无烟煤生产基地分步组建……

"煤炭航母"扬帆远航,山西煤炭业宏图再展。

几年来,山西矿井数量减少了近4000个,煤炭产量却从3亿吨左右增长为5亿吨,资源回收率提高9.2个百分点。

过去,山西近一半的煤炭作为原煤外销,附加值极低。"一吨原煤,价格是150元,而一吨洗精煤却高达近600元。如此高的差价,竟然都被外地人赚走了。"这笔账,时任副省长的牛仁亮算得痛心疾首。

怎样让遍地的"黑煤"变"黄金"?山西人走延伸产业链的道路。

"如果一吨原煤的产值按200多元算,变成焦炭和化工产品,产值就要达到2000元以上。"山西焦煤集团西山煤矿副总经理薛道成说。

2004年9月,焦煤集团牵手焦化集团,建立焦化工业园区,迈出了由原煤生产向煤焦化转化的第一步。

这一步,焦煤集团每吨原煤的产值至少增加10倍以上。

由煤到煤焦,到煤焦化一体化;由煤到煤电,到煤电铝一体化……

产业链的不断延伸,让山西人品尝到"点煤成金"的甜头。

拥有煤电铝完整产业链,山西焦煤集团不仅把洗煤的钱全部"截留"下来,就连洗煤遗留下来的中煤、煤泥、煤矸石也不浪费。

集团旗下的坑口电厂,总装机容量300万千瓦,每年不仅能吃掉600万吨洗煤垃圾,还能为集团的电解铝生产提供充足的电能。

不断拉紧的"皮筋",让晋煤"效应"尽显。

2003年,山西火电装机容量已达1577万千瓦;电解铝产量达33.3万吨,氧化铝141.6万吨,占全国的23%,居第二位。

2004年8月举行的经济结构调整会上,山西省委书记田成平讲了一段小插曲:"前两年,吴邦国同志来晋视察,回头就问我:'除了煤,你们山西还有什么?'我接上话茬:'我们山西还有全国最大的不锈钢生产基地,有全国最大的氧化铝厂及镁工业基地……'"

除了煤,还是煤,丰富的煤炭资源,一度让外界模式化了山西的产业形象。

为改变这个产业形象,2001年9月,山西开始实施"1311"工程:重点扶持100个农业产业化龙头企业、30个工业潜力产品、10大旅游景区和100个高新技术产业化项目。

随着"1311"工程初见成效,山西人可以骄傲地说:除了煤,我们还有钢铁,还有高科技,还有旅游……

安徽走新型工业化道路

2006年,安徽省国民经济增长较快,全年生产总值达到6141.9亿元,按可比价格计算,比2005年增长12.9%。按常住人口计算,年人均生产总值达到一万元,首次突破万元大关。

与中部其他省份一样,安徽一直为"农业大省"的帽子所累。

这个曾以"大包干"责任制开农业改革之先河的省份,在为国家每年贡献数十亿公斤粮食的同时,却始终无法摆脱政府财力不足、百姓生活不富的尴尬。

资料显示:1995年,安徽人均生产总值比全国平均水平低30.8%,差1497元;2000年,较全国平均水平低31.2%,差距扩大到2211元;到2002年,差距进一步扩大到了2367元。

粮食越种越多,差距却越拉越大。

焦灼的安徽人不断地向东看,向西看,向中看,在比较中反思。

"差就差在工业,核心是工业化水平。"安徽省省长王金山一语中的,"粮食要种,但不加快工业化进程,安徽永难崛起。"

2003年1月,"走新型工业化道路"第一次写进政府工作报告。

"三步走"远景规划随之确立：2004年至2007年为起步阶段，2007年至2015年为发展阶段，目标是到2020年，实现人均国内生产总值3000美元。

作为最关键的第一步，"861"行动计划于2004年正式启动。

所谓"8"，是指建设加工制造业、原材料、化工、能源、高新技术、农产品加工、旅游和文化8大重点产业基地。

所谓"6"，是指构筑防洪保安、通达、数字安徽、生态安徽、信用安徽和人才6大工程。

所谓"1"，是指到2007年，安徽省人均国内生产总值达到1000美元以上。

"861"提出，全省振奋。

它是一面旗帜，引领着人们走向全面小康。

它是一个标杆，鼓动着人们实现新的目标。

它是一幅蓝图，升腾着江淮儿女振兴崛起的希望。

淮河，安徽的母亲河。它滋养着一片富饶的平原，又不时暴虐地席卷两岸。

随着长江、嫩江、松花江等大江大河的治理工程胜利竣工并发挥作用，在共和国的防洪图上，治理淮河日渐迫切。而且，不解决淮河防洪这一心腹之患，安徽的发展环境难有根本改善。

于是，在"861"行动计划中，以治淮为重点的防洪保安工程被列为第一号工程。

配合国家治理淮河的200亿元投资,2004年,"861"行动计划配套投入了34.3亿元,同时开工了110多项治淮工程。其中,重点堤防和病险水闸除险加固等40多项工程当年即告完工。

2005年新年伊始,总投资近21亿元的"861"重点治淮工程——淮北大堤加固工程,在欢呼与鞭炮声中拉开帷幕。

这道按照百年一遇标准修建的防洪屏障,将为淮河中游1.32万平方公里、1086万亩耕地和682万淮河儿女提供可靠的保护。

如何引领一个农业大省的工业化进程,安徽人想起一句俗语:火车跑得快,全靠车头带。

如果把工业化进程比作一列正在行进的火车,那么,企业则是一节节的车厢;具有带动作用的大企业、大项目,则是拉动列车奋力前行的火车头。

安徽加快工业化进程,始终牵住做大做强大企业这个"牛鼻子"。

2004年年初,一个总投资达一万多亿元,包括800多个重大基础项目的"861"项目库成立。

这800多个大型项目、骨干工程,"落子如飞"般布点到安徽的一个个大企业中。

仅仅一年后,其中的150个项目陆续动工,54个项目先后建成,累计完成投资818亿元。

马钢，正是这些大企业中的一个。

这个花了 40 年时间，直到 1992 年年产量才突破 200 万吨的钢铁"小个子"，在 2004 年，却创造了一个神话：钢产量净增 200 万吨，突破 800 万吨，销售收入净增 100 亿元。

这个神话的背后，是一个个重大的技改项目。

2003 年 4 月，作为"861"重要项目，投资百亿元的马钢冷热轧薄板生产线正式竣工。

这个仅用了 26 个月便竣工的大项目，为马钢"十五"结构调整主体工程画下了最圆满的句号。

随后，另一个"861"重大项目，即马钢 500 万吨薄板带项目，也获准动工。

这个项目的落户，让几代马钢人梦寐以求的千万吨钢生产规模，指日可待。

高密度、高起点的技术改造，让马钢在短短一年内脱胎换骨，迅速成长为我国最大的精品钢生产基地之一。

与马钢一样，2004 年，两条日产万吨的水泥熟料生产线先后在海螺集团点火投料。随后，总规模达 2400 万吨的 10 条水泥生产线通过核准，为海螺亿吨水泥生产基地的总目标再添砝码。

在江淮汽车集团，重型卡车和商务车发动机项目先后试产；在奇瑞公司，轿车二期生产线全部投入运行。

安徽省省长王金山在接受央视采访时说："奇瑞现有 35 万辆的产能，还有 40 万台发动机的产能。江淮汽车去年生产13万辆，销售收入可以达到105亿以上。合肥和滁州的家用电器，现在的总量加在一起是1000万台，2007年能达2000万台。有了它们，我们工业化有着落了。"欣慰之情溢于言表。

2004年12月28日，是安徽铁路建设史上值得纪念的一天。

这一天，合肥至南京、合肥至武汉、安徽铜陵至江西九江的3条快速铁路，同时举行了开工典礼。

其中，合肥至南京铁路全长166公里，合肥至武汉铁路全长409公里。

建成后，合肥至南京列车运行时间将缩至一小时，合肥至武汉则缩至两小时以内。

而铜陵至九江铁路建成后，将填补安徽至江西沿江铁路的空白。

这是安徽"861"行动计划中"通达工程"的重要组成部分。

安徽发挥承东启西的区位优势，将开放战略定位为：融入长三角，对接珠三角。

然而，站在交通图前打量，他们发现，无论是融入还是对接，安徽都面临一个迫切需要解决的问题：打破交通瓶颈。

从合肥到南京，直线距离虽不远，但火车却要北上蚌埠或者南下芜湖，周转4个小时后方能到达。

从合肥到中部重镇武汉，目前也没有直通的铁路，要绕道江西九江，周转至少需 8 小时以上。

交通不畅，再好的区位也无优势可言。

在"861"行动计划中，安徽提出，打破交通瓶颈，让区位优势升值。

比快速铁路提前一步，2004 年 6 月，全长 187.17 公里、总投资 35.5 亿元的界阜蚌高速公路贯通。作为安徽高速公路的重要一"横"，这条高速公路为安徽打通了另一条东进上海的通道。

河南重点打造中原城市群

2009年6月23日,河南省委、省政府召开中原城市群发展座谈会,专题研究谋划加快中原城市群的发展。

会议回顾总结了几年来推动中原城市群发展所做的工作和取得的成绩,分析研究中原城市群发展面临的新形势新任务,安排部署今后一个时期推动中原城市群发展的工作。

在河南这片热土上,古都洛阳,一度流淌着令世界仰慕的盛唐气韵;大宋汴梁城,清明上河风,曾经上演过繁盛的东京梦华。中原大地的都市文明,创造、积淀了不朽的灿烂中华文明。

时空流转,当历史的脚步跨入20世纪90年代,长期维持的城乡"二元结构",制约了河南城市的快速发展,农村落后,城镇也不发达。

1991年,河南城镇人口仅占全省总人口的17.9%,没有一个人口超过200万以上的超大城市,中心城市的区域聚集和辐射作用有限。

1981年,离河南省委大院只有一公里的黄河路,几乎是郑州的"北环路",到1991年相隔不远的农业路外即是间隔的自然村落和麦田菜地。

以城市带动农村,显然是"小马拉大车",何其难也？

1992 年，春风浩荡，邓小平南方谈话后，河南迎来了快速发展时期。河南省委、省政府审时度势，从基础设施入手，加快中心城市建设。

1994 年，时任河南省委书记的李长春拍板定案，在车辆拥堵的金水大道开建"四桥一路"。

郑州市民用期待和疑惑，猜想着立交桥的模样。

仅仅半年工程竣工，在开通的日子里，省会的老老少少过年似的纷纷登上高架路流连忘返，由此拉开了大郑州城市建设的序幕。

同样是这一年的 12 月，河南第一条高速公路郑汴高速公路建成通车，郑州至开封的距离仿佛陡然拉近。

河南先后实施新郑国际机场、火电基地和高速公路等在内的 20 项重大基础工程，洛阳大化纤、新飞电器等 20 项重大振兴工程，大大促进了河南的城市化进程，为中心城市的规模扩张和产业支撑奠定了良好基础。

进入 21 世纪，城市的作用更加凸显。一个国家和地区如果缺乏有影响力的城市，就有可能被排除在技术创新和产业转移扩散的链条之外。

作为全国人口第一大省的河南，缺乏有竞争力的核心城市，一直是河南走向现代化的"软肋"。过去在我国历次生产布局时，河南常处于被动地位，区域竞争力弱化。

面对新形势，河南怎会心甘坐等？

2003年,在时任河南省委书记李克强的主持下,省委、省政府大胆提出中心城市带动战略,鉴于河南核心城市首位度低的实际,创造性地实施以"群"带动,把中原城市群的发展纳入区域经济发展的整体战略来考量。

2003年7月,《河南省全面建设小康社会规划纲要》正式将中原城市群确定为河南带动经济社会发展的重点区域。

举全省之力,优先发展,使之成为我国中部地区最具影响力的经济隆起带。

中原城市群发展上升到战略层面,犹如拨云见日,搭建起了一个5.87万平方公里的经济大舞台。

这是一个让人怦然心动的宏图大略。

以郑州为中心,以洛阳为副中心,连接开封、新乡、焦作、平顶山、许昌、漯河和济源等9个省辖市。用一个充满活力的城市群体,连城发力,共襄盛举,弥补河南省会城市不大、中心城市不足的缺憾。

显然,这是一条富有特色而又充满希望的发展道路。

2004年的春天,河南邀请20多位院士、专家为中原城市群的战略构想"把脉会诊"。

全国政协原副主席徐匡迪的话鼓舞人心:

河南,已具备了城市群建设的基本条件。

2005年,河南省十届人大三次会议期间,省委书记徐光春在与郑州代表团座谈时郑重地说：

> 中原崛起看郑州。"看郑州"，就是要看郑州的发展力、辐射力、带动力、创造力、影响力、凝聚力。郑州作为省会和中原城市群的核心城市，在全省处于特殊的地位，肩负着特殊的使命，发挥着特殊的作用。因此，要有特殊的思路，采取特殊的举措。

同年12月，由国家发改委宏观研究院专家主持完成的《中原城市群总体规划研究报告》在京通过评审。

2006年3月，河南批复实施《中原城市群总体发展规划纲要》。

2006年4月15日，中共中央、国务院印发的《关于促进中部地区崛起的若干意见》中明确提出：

> 以中原城市群等为重点，形成支撑经济发展和人口集聚的城市群，带动周边地区发展。

长期致力于城市群发展研究的中国区域科学协会副会长毛汉英称：

> 河南将"城市群"写进规划，思维超前，领跑全国。

河南找到了保持又好又快发展、实现中原崛起的重要途径。据权威机构研究，在全国15个城市群中，中原城市群竞争力位居第七。

中原城市群已经同长江三角洲地区、环渤海经济圈、泛珠三角地区以及成渝经济圈这样的跨省、市、区的"大块头"一样，正式进入了国家宏观发展战略的视野。

战略地位的升格，是中央对河南战略决策的认可、对中原城市群发展成果的肯定。

拉大城市框架，完善城市功能是提高中原城市群竞争力的前提。为此，河南的决策者始终把提高城市的综合承载能力放在第一位，坚持高起点规划。

郑东新区是中原城市群建设的精彩华章，可谓"高起点、大手笔"：

> 规划国际招标，环形城市、水域靓城的新理念令人耳目一新；建设大气磅礴，功能完善合理，一张白纸上书写出崭新图景。

郑东新区内，道路四通八达，城市公园美景各异；中央商务区湖水荡漾，高楼林立，400余家金融、证券、保险和企业总部入驻。美国摩根、意大利格拉姆、德国麦德龙、广东香江等国内外物流界大亨抢滩郑东新区，商都路沿线的物流产业带初具规模。

河南艺术中心、郑州国际会展中心等标志性建筑，风姿绰约，已成为大型会展活动的热场，成功举办了第二届中博会、2008中国旅游交易会等一大批在全国具有重要影响的展会。

截至2008年6月，郑东新区建成区面积达50多平方公里，完成固定资产投资550.7亿元，累计开工项目406个，入住人口突破24万。

"三年出形象，五年成规模"的目标提前实现。一座特色鲜明、环境优美、生机勃勃、独具魅力的新城区迅速崛起，成为全省最具活力的核心区域。

郑州城镇化率2007年一举突破60%，建成区面积由2000年的133.2平方公里增长到2007年的294平方公里，市区常住人口由259万增加到375万。

大郑州带动能力显著增强。2007年河南县域经济社会发展综合实力前6强中，郑州所辖县级市占据了5个席位。郑州"龙头"渐成昂起之势。

人们惊叹："没想到郑州发展这么快，变化这么大！"

跨过洛河，兴建新城，洛阳市区"豁然开朗"。洛阳新区让古都洛阳青春焕发。

新乡、许昌、焦作、平顶山、漯河等城市新区，快马加鞭，改变了这些城市的昔日模样。

城市规模的扩大只是城市化的基础，产业支撑才是立城之本、兴城之基。河南的决策者对此始终保持着清醒的认识。

"这里朝气蓬勃，让我感到震撼！"这是洛阳中信重机40名外籍专家中资历最老的美国人尼尔斯发出的感慨。

重组后的中信重机经营收入从7.5亿元增长到60亿元，带动产业链条上的非集团企业200多家。

中信重机和镶嵌在郑汴洛城市工业走廊的众多企业成为河南工业的脊梁。

在这条长约300公里、围绕310国道两侧30公里的带状走廊上，密布着12个节点城市、8个国家级和省级开发区，高新技术、装备制造、汽车、电力、铝工业、煤化工、石油化工等7大产业相映生辉。

与此同时，京广、南太行、洛平漯等3大产业带发挥优势，在集约节约发展道路上高歌猛进，构成了中原城市群坚实的产业支撑。

中原城市群9城加力使劲，错位发展，唱出了一曲雄浑壮美的交响乐。郑州汽车、铝工业、卷烟、电子信息和商贸流通等加大步伐；作为全国重要的老工业基地的洛阳装备制造、铝电、石化、建材等产业快速重组、升级；大型能源基地平顶山、焦作加快经济转型；古城开封"一日梦回千年"旅游产业魅力重生，漯河食品工业、许昌电力装备制造业闻名全国。

中原城市群迸发出前所未有的活力，实力增强，成为区域经济的增长极。

城市群的优势在于一体化，魅力在于通过产业协同和空间协同来整合区域发展的资源要素，发挥聚合效应，提高整体竞争力，增强其在更大范围内对资源的利用能力和对市场的占有能力。

自 2003 年中原城市群发展战略提出以来，"一体化"探索的步伐从未停止。

2005 年 5 月 22 日，《纽约时报》记者尼古拉斯·克里斯托夫在开封参观时，感叹他心仪已久的泱泱千年古都的衰落，写下《从开封到纽约——辉煌如过眼烟云》一文。

徐光春看到这篇文章后批示强调：

> 我读后感慨万千，我们的古都开封已成为历史发展的反面典型。开封之所以如此，我们不必过多地分析，重要的是现在如何在我们手里把开封建设好，发展好，使之成为现代化的大都市，展示共产党人的执政能力。现在看，要使开封发展起来，没有一些特殊的措施是不行的。

历史讲究机遇，河南抓住了机遇。省领导的远见卓识和果敢决断，使郑汴一体化进程迅速进入具体实施阶段。

河南从一条大道起步突破体制障碍，推进城市群一体化。2006 年 11 月 19 日，作为郑汴一体化标志，东起开封大梁路、西至郑州市金水路的双向 10 车道, 总长 39.11 公里的城际公路"郑开大道"正式通车, 全程不设收费站, 运行一趟只需 40 分钟, 城际公交票价仅 7 元。

作为河南省的第一条城际公交线路, 郑开公交无疑为中原城市群共享基础设施和公共服务起到了先导效应。

伴随着郑开大道开通, 郑州和开封两市的电信资费当年大幅下调, 初步实现电信同城。旅游、文化、商务、邮政等领域相应推行了一系列同城服务措施。

2007 年 9 月 23 日, 河南省人大常委会审议通过《郑汴产业带总体规划》, 2008 年 2 月正式实施。

开封失去的区位优势正在回归。长春皓月、北京汇源、南京雨润、山西晋煤、广东明珠等一批知名企业集团闻香而至, 落地生根。开封步入了加速发展的新阶段。全面启动的郑汴产业带基础设施建设、产业布局有序展开。

实现跨越式发展, 走在中部地区前列。
实现更大规模、更高水平的发展。

这是胡锦涛、温家宝视察河南时的殷殷重托和深情厚望, 让河南站在了一个全新的历史方位上。

中原城市群一体化的探索只是一个样板, 对整个河南城市化推进, 特别是城乡一体化的推进是很好的借鉴。

2006 年 6 月, 河南选择了经济发展较快、工业比重较大、财政保障能力较强、城镇化水平相对较高的鹤壁、济源、巩义、义马、舞钢、偃师、新郑等7个市作为试点，在城乡用电、医疗服务、居民户口、土地承包权等方面进行试验。

2007年5月，河南出台了《关于加快黄淮四市发展若干政策的意见》，有力地推动了河南城乡一体化进程。

一体化发展为中原城市群赢得了先机。有着广阔腹地作依托，不断增强创新能力，不断焕发活力的中原城市群落，必将成就中原崛起的宏图伟业。

江西建设高速通道助腾飞

2004年9月26日,一个让井冈儿女心潮激荡的日子。这一天,昌金、温沙两条高速公路全线通车。

这标志着江西出省主通道全部高速化,8小时省际经济圈形成。

中央电视台一位主持人曾采访江西省领导。这位领导第一句话就是:

> 江西有个雄心勃勃的宏伟计划,打算用4年时间在东南西北4个方向修筑1000公里高速公路。

当时,现场展示了一幅江西"天"字形高速公路主网架图。

江西正南,是我国开放最早的珠江三角洲;东北面,是经济发达的长江三角洲;东南为出海最近的闽东南三角区。"天"字高速网架,使江西与中国经济最活跃的3个"三角"紧紧相连。

内陆地区要发展,必须走向大海洋。进入新世纪,江西省的决策者审时度势,提出一个具有前瞻眼光的战略规划:对接长珠闽,融入全球化。

对接，首先是交通的对接。于是，这个"天"字网络的构想随之产生。

交通曾是江西经济发展的瓶颈。长期以来，江西境内只有 105 和 320 两条国道，通行能力严重不足。2000 年，全省高速公路只有 421 公里，居中部 6 省之末。

"末位就可能被淘汰。"江西人深知，没有现代化的交通，一切优势都只能"孤芳自赏"。

卧薪尝胆，不等不靠，江西在高速公路建设上奋起直追。

2001 年，打通浙江、广东的梨温、昌泰、泰赣、赣定 4 条高速公路同时开建。

2002 年，通往湖南、福建的昌金、温沙等 6 条高速公路开工，梨温通车。

2003 年，新增 4 条高速公路，共 9 条高速公路在建，南下珠三角的赣粤高速昌泰段通车。

2004 年，泰赣、赣定、昌金、温沙高速公路竣工，又有 3 条高速公路投入施工……

从梨温高速公路开工建设，到温沙、昌金高速公路通车，仅用了 3 年 9 个月。

江西，没用财政一分钱，奇迹般地新建了 1000 公里高速公路。

"天"字高速公路网架呈现在江西版图上，通车里程达到 1422 公里，比交通部中长期规划提前整整 6 年。

6 条高速贯通，省际 8 小时经济圈和省内 4 小时经济圈随之形成,"不东不西"的江西,已是八面来风,左右逢源。

东邻闽浙、南连广东、西毗湖南、北接皖鄂,江西人真正找到了"吴头楚尾,粤户门庭"的感觉。

高速公路的贯通,拉近了内陆与海洋的距离,拉近了工厂与市场的距离,拉近了知识与实践的距离,拉近了人与人的距离。

长珠闽巨大的经济辐射活力,随着高速公路上滚滚的车流,如潮水般涌入赣鄱大地。

上海交大投资近 10 亿元的科技园落户上饶市。来自上海的教授、学者们上午授课后,下午可到上饶办公。

便捷的交通,支撑着上饶人雄心勃勃的"掉头向沿海"的发展战略。

定南是江西入粤的南大门。从前的传统农业县,转变成了珠三角的绿色"大菜园"和"生猪基地"。这里生产的无公害蔬菜、生猪、水产品等 20 多种农产品,早上运出,中午就上了珠三角市民的餐桌。

香港新亚集团在信丰县高速公路出口处投资 2 亿元建了 5 万亩大型精品脐橙场。

有了赣定高速这条通道,早上采摘的脐橙,几小时后便可进入广州、深圳的超市。

有了高速公路,江西的生态、资源、劳动力等优势立即显现。

制冷巨擘格林柯尔集团,2001 年控股广东科龙集团后,一直在寻找环境优、成本低的地方,建立新的生产基地。找来找去，他们把眼光定格在南昌，决定投资 3.6 亿美元在这里打造空调业"航母"。凭什么呢？他们算了一笔账：同样一台空调在南昌生产比在广东顺德生产成本降低 7 个百分点，便捷的高速公路将使其物流费用至少下降 10%。

全球最大的制鞋企业裕元工业集团牵手赣州，投资 9 亿元建设世界最大的女鞋制造基地。图什么呢？图这里相对便宜的劳动力和便利的交通条件。

吉水、吉州、泰和、南康、龙南、信丰等地在赣粤高速公路两旁兴建工业园区，青原、峡江、新干等地纷纷建大桥跨越赣江，对接赣粤高速，发展工业园区，承接沿海发达地区的产业转移。

玉山是江西进浙的东大门。黎温高速通车后，到杭州只需 3 小时，到上海也只要 4 小时，便利的交通吸引浙沪客商纷至沓来。

同时，有"物华天宝、人杰地灵"之美誉的江西，借着高速通道，迎来了旅游的黄金年代。

昌泰竣工，井冈山机场加紧建设，泰井公路奠基……

正在迅速改变的区位优势，让渐呈燎原之势的"大井冈"旅游经济圈建设如虎添翼。

"天"字形高速公路，让江西从封闭走向开放，从内陆走向沿海，从贫穷走向小康。这一条条金光闪闪的通衢大道，是展示江西新形象的开放路，是加速江西在中部崛起的发展路，是引领井冈儿女奔小康的致富路。

三、崛起行动

- 应城王家井粮库，前来售粮的农用车络绎不绝。韩忠学笑吟吟地问巡检镇农民金清源："老哥，你今年卖粮情况咋样啊？"

- 在天赐湖北的江汉平原上，粮食生产出现了不和谐的"变奏"：多了砍，少了喊，多了少，少了多。

- 2003年4月初到6月，正是"非典"肆虐的招商淡季，开发区一位副主任亲自带队，自带干粮，自备车辆，自带体检健康证明，先后6次赴宁波奥克斯集团考察洽谈。

老工业基地的崛起行动

2008年7月,位于河南洛阳的中信重工机械公司具有自主知识产权、填补国内空白、为世界矿业巨头必和必拓直接供货的 Ø4.5m×8.4m 洗矿机成功打入国际矿业高端市场。这是必和必拓在华采购的第一单机械设备,也是我国第一次直接为世界最大矿业公司提供具有国际先进水平的洗矿设备。

但在5年前,中信重工还是一个发不下来工资的工厂。中信重工机械公司前身为洛阳矿山机器厂。

作为共和国的骄子,在52年的发展历程中,中信重工机械公司曾经辉煌过。20世纪80年代以前是计划经济,国家叫干什么就干什么,叫怎么干就怎么干。一直忙忙碌碌,企业没有能力和资金用于自己的改造。

1996年后,由于上了一些大而全的项目,企业陷入困境,特别是在1998年至2001年,负债累累,2003年时,拖欠职工工资达十九个半月。

"那时的工厂,草没一片绿,路没一段平,破破烂烂,原省委书记李克强视察后给予'没落地主'的评价。"中信重工党委书记徐凤岐感慨道,"中信重工从1990年到2002年这12年间,在技改方面的有效投资仅仅是增加了一台6.3米立车。作为一个企业,生产力几乎 10 多年不进步，如何挺立市场！"

2004 年 2 月，中信重工换了新一届领导班子，进入全新的发展阶段，摒弃过去的管理方式、管理理念，在做市场上下大功夫，"厂还是这个厂，设备还是这些设备，工人还是这些工人，当年就完成产值 22 亿元"。

此后，企业产值利润不断增加，2008 年，公司销售收入可望达到 80 亿元，公司迈上了更高的发展平台。

党和国家领导人视察中信重工时对企业的喜人局面感到十分高兴，吴邦国称赞道："中信重机不像是个 50 年的老企业，给人的感觉是个充满生机的现代化企业。"

温家宝说："你们做得好，发展得好！"

中信重机公司重振雄风是洛阳工业振兴的一个缩影。2004 年洛阳市工业实现销售收入和利润同比增长 36% 和 74%；工业对全市生产总值的贡献率达到 50%。

在中部六省，像洛阳这样的传统老工业城市，不等不靠，通过自身努力，探索出一条自我拯救与改造创新的发展之路，从前些年的"工业挣扎"逐步再次迈上"工业强市"。

当国家吹响了振兴东北的号角，人们将关注的目光投向了东北等老工业基地。其实在东北的背后，很多中部地区的工业城市也在国家的考虑之中。

有统计表明，我国"一五"期间的 156 个重点项目，在中部地区城市集中布点的数量并不亚于东北许多重工业城市，如洛阳和武汉分别占了 7 个、株洲占了 4 个。

至于"二五"以及"三线建设"的工业布局，中部地区是主要集中地。太原、郑州、黄石、十堰、襄樊、宜昌、湘潭、南昌、蚌埠等都是有相当分量的工业城市。

2003年中部六省的第二产业增加值1.23万亿元，占全国的20%。

随着由计划经济向市场经济转轨和改革的深化，如同东北老工业基地一样，中部的许多工业企业一些深层次矛盾和问题逐渐暴露：设备老化、包袱沉重、机制不活、结构不合理……多数国有大中型企业逐步陷入困境。

20世纪90年代后期，列入洛阳市重点考核的25家工业企业中22家亏损，工业报表"赤字一片"。

在武汉、株洲等工业城市里，同样没有几家国企有好日子过，破产、兼并、分流、下岗成了社会矛盾的代名词。

但是，中部地区的老工业基地并没有在困难中沉沦，而是奋起自救，国有企业也没有成为社会矛盾的集中爆发点。

经过数年的努力，中部不少老工业基地捷报频传，工业在当地国民经济发展中仍是中坚力量。

武汉市提出了加快建设现代制造业基地的战略决策，加快发展钢铁、汽车、光电子信息、烟草及食品等10大行业，着力延伸钢材深加工、汽车及零部件、船舶制造等15条产业链。

2004年，武汉重点发展的10大产业完成工业总产值

1458亿元，有6个产业过百亿元，其中钢铁360多亿元，汽车及机械制造、光电子信息都超过250亿元，这些重点产业形成了武汉工业经济的新支撑。2004年全市完成工业增加值占全市生产总值的近40%，创9年来最高水平。

洛阳的特点是用先进技术适时改造传统产业，在国企3年脱困后，及时承接上了国企发展的政策"余威"。

一直主管此项工作的常务副市长吴中阳说：

> 经过反复考察论证，我们最终在16个重点工业企业中筛选出48个具有国内、国际先进水平的重点项目，进行产业结构调整，被列为振兴洛阳工业的"1648工程"。我们技改的要求只有一条，要干就干别人生产不了的！

"1648工程"后来已成为技术改造的一个符号。

2004年，洛阳市共实施工业结构调整项目168项，当年完成工业投资140亿元，占固定资产投资的三分之一。

始建于"一五"期间的株洲硬质合金集团是我国最大的硬质合金生产、出口基地。通过改革、改组和技术改造，企业销售收入翻番，2004年突破24亿元。

企业投资4亿多元建了钻石工业园。

过去钻石切削刀片是按公斤卖，一片合3元钱。现在按片卖，价格上翻了 10 多倍。

这家刀具公司以占集团公司八分之一的销售收入，创造了二分之一的利润。

株洲市发改委负责人说："株洲的老工业基地振兴突出了创新：观念创新、体制创新、技术创新、就业创新和环境创新，2004 年全市完成工业增加值 166 亿元，占全市经济总量的四成以上，其城市竞争力在全国数百个地级以上城市中排名 57 位，省内仅次于长沙。"

湖北加强农业丰产增收

2004年10月9日至10日,湖北省副省长韩忠学、省粮食局局长沈昌发一行来到应城、汉川检查中晚稻收购工作。

应城王家井粮库,前来售粮的农用车络绎不绝。韩忠学笑吟吟地问巡检镇农民金清源:"老哥,你今年卖粮情况咋样啊?"

忙着卸粮的金清源抹着汗说:"今年国家政策好。中稻100公斤卖148元,一亩田除去100元成本,可净赚700元,比去年多400元。像这样,明年我还要多种粮。"

韩忠学高兴地说:"好啊,我赞成你明年多种!"

汉川市南河粮食购销公司副主任李新平对韩忠学说:"为方便农民卖粮,许多粮食购销企业的职工到农民家里,当场收购当场付现金。今年收购量比去年增长了80%。"

在汉川刘隔粮食购销公司,韩忠学仔细翻阅购粮发票。看到普通中稻100公斤卖148元,几种优质稻100公斤卖152元至160元,韩忠学连说:"这好!这好!"

咸宁市咸安区官埠桥镇,一位叫邓世福的老农民,保存着20多年来土地变迁的"档案",看后令人感慨。

1983年,第一次分田到户,邓世福一家分了24.5亩田。发黄的《合同书》上记载着:"户主邓世福,全家人口9个,男女劳动力2个。"

邓世福说:"当时实行联产计酬,农民积极性很高。我一天到晚泡在田里,连午饭也在田头吃。"

到1998年,一度给农民带来巨大欢乐的土地,却成了农民心头的一块伤疤。

邓世福翻出1999年的记录:农业税583元,特产税84.2元,猪头税22.8元,江堤岁修8.6元,普九集资69.7元,共同生产费23.4元,公积金33.7元,公备金33.6元,行管费41.9元,乡村办校49.8元,计划生育5.5元,民兵训练4.1元,烈军属款11元,乡村公路6.6元。

税收项目多达14项,每年要交979.9元。

当时邓世福家里只有9亩多耕地,每亩田要交纳100元左右的费用。

邓世福回忆说:

> 当时每50公斤稻谷,只能卖五六十元,以亩产500公斤计算,扣除种田成本和缴纳税费,种一亩田,只有100元纯收入,遇到不好年景,种田甚至要倒贴钱。

这种情况下,农民都围着村干部要求退田。邓世福也是绞尽脑汁,将自己的田退了一半。

从获得土地的欣喜到土地变成"鸡肋"的苦楚,从对丰收的期盼到丰收而不能增收的无奈,湖北省绝大多数的农民都有过与邓世福类似的遭遇。

谷贱伤农。粮食丰收，迎来的却是"卖粮难"的窘境；农民一年心血汗水的结晶，反倒伤透了农民的心。

在天赐湖北的江汉平原上，粮食生产出现了不和谐的"变奏"：多了砍，少了喊，多了少，少了多。

于是，大量农田被抛荒。自古以来，"湖广熟，天下足"。到了2003年，产粮大省成了粮食调入省。

破解"三农"难题，被摆到了党和政府工作"重中之重"的位置。

2004年，春节后上班第一天，俞正声、罗清泉到农业厅现场办公；第一个省委常委会集中研究当年农业和农村工作；省委、省政府《关于进一步加强农业和农村工作，促进农民收入较快增长的意见》，作为省委一号文件下发；全省第一次经济方面工作会议是农村工作会议。

省委、省政府确定，2004年全省农民人均纯收入增长4%，力争5%，粮食总产量增加到210亿公斤。

为促进粮食增产和农民增收，省委一号文件确定了粮食直补5个亿、高标准农田建设集中资金5个亿、支持产业化经营的板块建设和龙头企业1个亿、防治禽流感1350万元等一系列由"真金白银"构成的农业农村投入政策。

这在湖北省历史上是少有的。

俞正声强调：

作为全国商品粮生产基地，湖北应为全国

粮食生产作贡献。

金秋时节，好消息接踵而来。

2004年10月15日，湖北省粮食局汇总全省购粮价格显示，今年的粮价是4年来最高的一年。早中晚稻100公斤均价为151.1元，比前3年平均价格高出54.67元。

省粮食局还算了一笔"保守账"：全省粮食商品量75亿公斤。刨去运输、损耗等费用，每公斤最少比去年多卖0.4元。全省农民增收30亿元已成定局。

10月17日，省统计局通报：

> 1月至9月，全省农民人均现金收入1806.46元，比上年同期增加336.15元，增长22.9%。增幅比上年同期加快16.6个百分点，为1997年以来同期最高水平，首次超过9.5%的城镇居民收入增幅。其中种田收入增长额占农民新增现金收入的76.5%。

11月11日，省农业厅通报：

> 据农业部门基层汇总，当年全省粮食播种面积预计5689.9万亩，比上年扩大330.8万亩；总产225.47亿公斤以上，比去年增产33.37亿公斤，增幅达17.4%。

湖南采取措施整合卷烟业

2003年，湖南生产卷烟251.63万大箱，实现销售收入179.75亿元，利税119.52亿元，在全国烟草行业位列第三。

对此，湖南省一位领导颇为感慨地说："从星星点点到'双子'闪烁，是产业整合成就了湘烟的今天。"

几年前，湖南卷烟业"散、乱、小、差"的毛病一样都不少。

当时，湖南烟厂在布点上"落子如飞"。除长沙、常德、郴州、零陵4家年产量达30万大箱以上的骨干烟厂外，还有龙山、凤凰、新晃等11家年产不足10万大箱的小烟厂。香烟品牌多达150余个。

由于生产指标有限，小厂与大厂争计划、争原料、争市场，不断蚕食和挤压优势企业、强势品牌的发展空间，结果造成优势企业先进设备开机不足，规模上不去。

湖南中烟公司负责人算了笔账：同样一箱烟，新晃卷烟厂生产一箱"庆丰牌"，亏不抵税达300元；而常德卷烟厂生产一箱"芙蓉王"，可创利税3.1万元。

"莠苗不间，争水争肥，好苗也要遭殃！"在一次调研中，郴州烟农一句朴素的"农家经"，惊醒了湖南烟草业的决策者。

1995年，湖南省烟草局果断拍板："逐步调减11家小烟厂的生产计划，把生产指标全部调整给长烟、常烟等骨干烟厂。"

这个被称为"间苗工程"的举措，如同一枚重型炸弹，在湖南烟草界炸开了锅。

11家小烟厂，大多位于老、少、边、穷地区，且都是当地的钱袋子。计划没了，烟厂工人何处去？地方财政怎么办？

调减计划出台，上访的、静坐的、闹事的，一拨接一拨。

湖南中烟公司办公室主任李曙光说："闹得凶的时候，几百号人堵住烟草局的门，我们连班都没法上。"

但湖南省烟草局和湖南省领导的态度非常坚决："唯有关停小厂、做强大厂，湘烟才有希望。"

1995年至1999年，湖南先后调整烟草生产计划109.4万箱。

1999年，湖南省烟草局再度出手，将永顺、桑植、乾州3家小烟厂的生产计划一次性调给长沙卷烟厂，从而完成了"间苗工程"最关键的一步。

为减轻地方财政压力，加速小烟厂关闭步伐，湖南省烟草局从长烟、常烟等烟厂的利润中抽取部分资金，用于安置被关闭烟厂职工和补贴地方财政。

"间苗"间出了参天大树。

1999年，湖南烟草系统实现利税由1995年的48亿元飙升至 88 亿元。其中，长沙卷烟厂的年产量由 1994 年底的 43 万大箱增至 83.86 万大箱，利税也从 18 亿元升至 47.2 亿元。

到 2000 年，湖南成功地将 15 家卷烟厂整合至 6 家，同时将全省烟草生产计划的 90% 集中于长沙、常德、郴州、零陵 4 家骨干烟厂。

2004 年 7 月 23 日，湖南卷烟工业又走出了至关重要的一步。

有着 65 年厂龄的郴州卷烟厂，被取消企业法人资格，成为长沙卷烟厂的下属分厂。

这一天，湘烟中的"天王星"诞生：兼并龙山烟厂、重组郴州烟厂后，长沙卷烟厂由年产 100 万大箱、销售收入 90 亿元的企业，一跃成为年产 140 万大箱、销售收入突破 100 亿元的大型烟草集团。6 个月前，刚兼并祁东卷烟厂的常德卷烟厂，又首开湖南省内烟草行业对年产 20 万大箱以上卷烟工业大企业实施兼并之先河，承债式整体兼并零陵卷烟厂，成为年产量过 100 万大箱的烟草业巨子。

不久，湘烟就形成了"两企六点"的全新格局。

从"四大金刚"到"双子星座"，湖南只用了一年半时间。

"整合过程进行得非常平稳和顺利，几乎没有出现什么大的矛盾。"李曙光满意地说，"因为大家已形成共识，只有做大，才能双赢。"

整合，给企业带来了量的积累，也带来了质的飞跃。

长烟在重组郴烟后，迅速调整产业结构：将"长沙""相思鸟"等中低端品牌放在郴州卷烟分厂生产，长沙总厂则在做强"白沙"的同时，积极开发"和""金世纪"等高端品牌，力图在高档市场占据一席之地。

常烟兼并零陵烟厂后，取消了同质化的"君健"牌，改打原零陵卷烟厂的"红豆"品牌，大举进军农村市场。

从品牌输出到跨省购并，在一些省份还在为省内烟厂的整合大伤脑筋时，湖南人再次走在了前面。

2002年，长沙卷烟厂悄悄将触角伸到河北石家庄，开始探索跨省联合的路子。

2003年8月，长沙卷烟厂、石家庄卷烟厂正式签署"战略合作备忘录"。10月29日，双方顺利举行品牌项目合作开工典礼。

同年，在严格执行长烟标准的前提下，石家庄烟厂已生产白沙牌卷烟3万多大箱。

对长烟与石烟的联姻，业界评价极高。有专家称："这标志中国烟草工业品牌合作的第一艘战舰初航成功。"

跨省并购，长烟并不寂寞。2003年12月，常德卷烟厂对吉林四平卷烟厂实行承债式整体兼并，在跨省兼并的道路上迈出了一大步。

湘烟跨省"作战"的大幕随即拉开。

此后，常烟又将收购之手伸向远在陕西的延安卷烟厂；长烟则通过并购吴忠卷烟厂，将品牌成功地打入宁夏市场。

显然，湘烟已对中南、华南地区形成较强的辐射，大有挺进山西、陕西、内蒙古之势。

对此，湖南中烟公司的态度十分明确："鼓励湘烟做大的同时，共同向外拓展，包括跨省重组并购，以整体之力对抗国际烟草巨头。"

"美国的菲利普·莫里斯公司，年产卷烟高达1800多万箱，且产品外销率达76.6%。而长烟、常烟年产量加起来不足300万大箱，却有74%是在省内销售。若不扩大规模，做大市场，一旦烟草市场放开，外烟入侵，湘烟何以面对？"李曙光说。

在整合的道路上，湘烟还在加速前行。

安徽进行家电业重组行动

2004 年底，美的集团在合肥宣布：

完成收购荣事达中美合资公司 50.5% 股权的所有法律手续，正式成为该公司的控股方。

此前，美菱集团向格林柯尔转让美菱股份公司的控股权。

有人感叹，安徽家电业"完"了。

而合肥家电业界人士却充满信心地认为，安徽家电业借助大规模的产业重组，又进入了一个全新的发展境界。

家电品牌对合肥市具有特殊的意义。由南到北纵贯全城的两条大道，一条叫"美菱大道"，另一条叫"荣事达大道"。

用两家家电企业的名称来命名城市的主干道，在全国省会城市里绝无仅有。

家电品牌，在某种意义上，也就是合肥的城市品牌。20 世纪 90 年代中期，合肥家电业被美菱与荣事达"双雄演义"推向顶峰。

荣事达洗衣机的产销量连续 3 年居全国第一，美菱冰箱的产销量在国内一直位居前列。

两个品牌双获"中国名牌"。

合肥的家电产品在全国市场上一直占据着20%以上的市场份额。

合肥也因此被誉为"家电名城"。

合肥家电业的发展是安徽家电业发展的缩影。

20世纪80年代初，安徽就开始生产冰箱、洗衣机。一批电视机、空调等家电企业相继涌现。

同时，一批为家电生产配套的企业也应运而生，形成了较为完备的家电生产配套体系。

除了合肥家电"双子星座"外，安徽还有一些曾辉煌一时的家电名品。

扬子江畔扬子花，扬子冰箱人人夸。曾盛极一时的扬子冰箱，最好销量曾排名行业第二。

世界第一台影碟机也诞生在安徽，至今保持着家电产品中唯一由中国自己研发的纪录。

还有当年曾畅销一时的黄山电视等。

统计数字表明：1996年，安徽省电冰箱产量达109万台，洗衣机产量达114.7万台，彩电产量达8.6万台，空调器产量达22万台，产量在全国位居前列。

作为一张靓丽的名片，家电业曾经是江淮大地上光彩夺目的亮点，寄托着安徽人一个时代的自尊与自豪。

20世纪90年代中期，荣事达与美菱年销售收入均突破20亿元。这在当时的家电企业里，绝对是了不起的业绩。

然而，时至新世纪初，这两家公司的销售额还是在20亿元左右徘徊。

荣事达一名高管说："20亿元是个坎。不知怎么的，销售额过了20亿元，再往前走就总也挪不开步子。"

市场竞争如逆水行舟，不进则退，慢进亦退。这里长达六七年裹足难进，人家海尔、美的、TCL等家电企业却在快速发展，成为一代巨子。

荣事达与美菱的辉煌开始慢慢褪色。这两家企业也想尽办法，力争突破这个"坎"。

双方不约而同地走向"多元化"，竞相进入对方的领域。

这就出现了一个奇怪的现象，荣事达开始造冰箱，美菱则进入洗衣机和空调领域。

安徽做强做大家电业痴心未改。于是，在政府强有力的主导下，荣事达的陈荣珍与美菱的张巨声两只大手握在了一起。

政府期望通过强强联合，实现"1+1>2"。

然而，这场联合并没有以资产为纽带，结果，仅仅维持一个月就宣告流产了。

两家龙头企业始终未能冲过这个"坎"，眼睁睁看着被别人超过。

在本土家电企业停滞不前时，外来品牌却纷纷入皖，或投资新建，或并购重组，在合肥、芜湖、滁州一线三点上逐鹿争雄。

日本三洋公司第一个跨进安徽大门。1994年，三洋与荣事达合资生产三洋洗衣机，揭开了中外家电企业重组联合的序幕。

紧随其后的是德国西门子。1996年，这家公司在安徽滁州先是与扬子电冰箱厂合资，接着独资建立了以生产电冰箱为主的博西华制冷有限公司，成为安徽省最大的外资企业。

到2004年，该公司成为西门子公司在亚太地区的冰箱生产基地。

海尔早在1997年就兼并收购了安徽黄山电子公司，首次向彩电业进军。

2001年初，海尔集团在合肥市经济技术开发区建成了除本土青岛之外最大的家电生产基地，即合肥海尔工业园。

同年，日立公司年产60万台的大型空调器厂在芜湖市开发区破土动工。次年，华凌集团在合肥建立了小家电出口生产基地。

与此同时，美的集团决定，建设芜湖"美的工业园"二期工程，将美的系列小家电引入芜湖生产。在此之前，美的已在芜湖开发区建成了年生产能力150万台的空调生产基地。

2003年，格林柯尔入主美菱股份有限公司。2004年美的又控股荣事达。康佳决定再投入两亿元，扩大滁州彩电基地。

安徽家电，群雄毕至：海尔、格林柯尔、美的、康佳、日本三洋和日立、德国西门子……

利用安徽良好的产业配套能力以及成本、科技等方面的优势，外来户挑起安徽家电业的大梁。

安徽雄心勃勃的"861"计划中，加工制造业基地居八大产业基地之首，其目标之一便是在2007年形成2000万台的家电生产能力。

要实现这个目标，必须借助外力。

按"不求所有、但求所在"的原则，安徽家电业进行了大规模的资产重组，站在家电业以至安徽经济发展全局看，重组得大于失。

2004年，滁州博西华冰箱产量60万台，利润突破2亿元；

芜湖日立所产47万台空调全部出口，创汇1.5亿美元；

美的集团空调器产量可达300万台，销售额80亿元，国内市场上销售的美的空调大多数是芜湖制造。

尽管人们对美菱和荣事达怀有深厚的感情，尽管在某种程度上失去了"话语权"，但这两大品牌还在，而且迎来了巨额投资。

美菱销售公司企划处处长汤有道是美菱的老员工。他说：

重组后美菱的机制更活，成本更低，管理更科学，定位更明确。现在公司专注于制冷领域，走深度发展之路。新产品新技术研发经费不断加大，同时技改投入也猛增。

目前，公司产品结构明显改善，附加值高的产品越来越多。去年出口同比增长100%，今年出口有望突破100万台。

走进美菱产品陈列室，有一种全新的感觉。四门变温的"百变金刚"，让你大开眼界；日用电0.3千瓦时的节能冰箱，让你只觉划算；医用冰箱可达零下150摄氏度，让你感到科技神奇……

汤有道感叹："重组后失去的是旧体制的锁链，得到的是新机制的活力。"

江西建设南昌经济开发区

21世纪初,来南昌经济技术开发区考察的中国华源集团董事长周玉成感慨地说:"看到这种机器轰鸣、热气腾腾的场面,仿佛回到了1992年上海浦东的开发现场。就冲这种蒸蒸日上的好形势,我们也要来投资!"

始建于1992年的南昌经济技术开发区,是江西省首个省级开发区。

开发区坐落在南昌城的北部,与老市区仅一江之隔,有新八一大桥、南昌大桥、赣江大桥与之相连。

开发区背倚梅岭山,南临赣江水,辖区面积118平方公里,规划工业园区面积40平方公里。

建设南昌经济技术开发区是拓展南昌市生产力布局,加速江西省经济发展的重大举措,是江西省一项跨世纪的重大建设工程。它为老城区产业转移、资源优化配置、产业结构调整创造了十分有利的条件,为高新技术企业的发展提供了新的天地。

受传统计划经济的影响,该区的发展历经坎坷。

由于融资渠道单一,硬环境建设缓慢,在全区纵横88平方公里的土地上,"五通一平"的工业园区面积只有0.8平方公里。

硬环境不硬,如何能吸引客商?

开发区的干部一针见血地指出了步履缓慢的原因："过去，开发区的基础设施建设是'等、靠、要'。等，就是等项目谈妥了后，等客商拿钱来开发；靠，就是靠区财政投入资金开发；要，就是向政府要资金投入。在'等、靠、要'中，开发区失去了人气，失去了商机，失去了发展机遇……"

建园后的9年里，落户企业寥寥无几，全区财政收入只有4000万元，在全国开发区中列倒数第二位。

2000年，该区被批准为国家级开发区。

2001年，江西的决策者做出了一个极为重要的判断：江西正处于一个加速发展的战略机遇期。这是因为，沿海发达地区正在进行产业结构调整，开始产业转移，江西与长三角、珠三角、闽三角毗邻，完全可以做沿海产业转移的承接基地。

为了最大限度地保护环境，发挥规模效益，江西注意规避先发地区走过的弯路，将所有工业项目集中于开发区。

南昌经济技术开发区东临赣江、北邻昌北机场，三条国道在此交会，具有得天独厚的优势，正面临着千载难逢的发展良机。

此时，开发区面临两条道路：一条是走"小快起步、滚动发展，建成一片、收益一片"的传统之路；另一条是走"以大开发迎接产业转移"的超常规发展之路。

实现超常规发展要有一流的硬环境，更重要的是要有一流的软环境，不然就会错失发展的机遇。这方面，该区曾付出过沉重的代价。

1996年，海尔集团在该区考察后，萌发了前来投资的念头，但在洽谈中，由于区里"算盘"打得太"精"，不肯满足对方低成本扩张的要求。结果，海尔集团把投资项目放到了安徽合肥市。经过几年的发展，这一项目已成为合肥市的第二大支柱产业。沉痛的教训使他们深感营造一个良好的软环境，必须从实际出发，开明比精明更重要。

在全区干部职工大会上，区管委会主任作了这样的清晰表述："一是要算大账，算活账，算长远账。让客商享受一些优惠，赚了我们的钱，但我们也实实在在得了好处；二是不能光算客商拿走了多少，也要算给我们带来了多少。投资者不来，我们永远是一个'零'。"

他接着说："长期以来，开发区的建设一般发展程序可以用方程 $X+Y+Z=A$ 表示。其中，X、Y、Z、A 分别代表基础设施建设、招商引资、项目落实和经济总量增长。常规求解是 $X-Y-Z=A$，即先根据自有资产和引进资金的多寡建设基础设施，再招商引资，然后落实项目开工开业，最终实现园区经济总量增长。"

区管委会主任认为："走传统之路，发展稳妥，但速度太慢，可能错失机遇。"

基于这种判断，他提出了破解方程的全新思路：运用逆向思维，倒解方程为 $A=X+Y+Z$。

也就是说，根据各种条件和可能确定"三年翻两番，五年翻三番"的超常规发展目标，再以创新的理念和超常规的举措，解决基础设施建设资金、招商引资、项目开工等难题，从而加快开发，引凤筑巢。

从正解方程到倒解方程，开发区的领导者经历了一次观念的飞跃。

搭建招商引资平台，面临一个绕不过的坎：钱从哪里来？

按当时水平，每开发一平方公里，大约需要1.5亿元的投入，而当时开发区账上资金只有500多万元。

巧妇难为无米之炊。摆在开发区领导者面前的严峻现实是：靠客商先垫资金，不可能；靠财政投入和政府支持，不现实；找银行贷款，无门。

真的无门吗？

既是巧妇，就该善为无米之炊。

一个机会来了。2001年，江西与清华大学合建清华江西科技园。区管委会借此项目，多方筹措6000万元作为启动资金。

怎样让这一笔钱用出双倍的效果？

区管委会奇巧思奇谋划，与农民结成利益共同体，共同开发。

于是，在开发区里，这边削山取土，那边填土平地，一个项目的钱，整出了两个项目的地。不到40天，完成了清华科技园的土方工程。然后，再用这片开发好的土地去贷款，开发新的土地，招商引资。

清华科技园初战告捷，极大地提升了开发区的开放形象，产生了巨大的聚集效应。一时间，进区考察、洽谈投资事项的客商纷至沓来。

在喜人的景象面前，区领导产生了新的认识，其立足点是，创新投资主体，即建立具有法人资格的企业投资载体，以市场运作模式来从根本上破解资金投入难题。区管委会成立了注册资金为1.4亿元的投资公司，由区管委会划拨土地给公司变现后向银行融资。

就这样，过去的荒山秃岭，变成了一片片拔地而起的标准厂房；过去的野路荒径，变成了一条条宽敞整洁的通衢大道；过去的村庄农舍，变成了一座座风格各异的公寓。

2002年，全球第三大制冷巨头格林柯尔来到南昌经济技术开发区。

这是一个重要的契机。但如果满足投资方的要求，开发区要亏8000万元到1亿元。

区管委会主任提出，据投资者的要求确定政策。结果，一笔看似"亏本"的生意，开发区人别有见识，义无反顾。

其实，他们眼睛盯的是格林柯尔落户之后，格林柯尔的入驻，给开发区增加了一张靓丽的名片。

此后两年，他们拿着这张"名片"，以家电产业为突破口，把招商引资的目光瞄准在重点地区、重点企业。

2003年4月初到6月，正是"非典"肆虐的招商淡季，开发区一位副主任亲自带队，自带干粮，自备车辆，自带体检健康证明，先后6次赴宁波奥克斯集团考察洽谈。几经周折，终于把在全国空调业排名第三的奥克斯引来南昌。

两大空调生产巨头的进入，产生了强烈的集聚效应。紧随其后，LCOS背投电视、深圳先科VCD、台湾LCD液晶显示器等家电企业，争先恐后落户昌北。省内外30多家家电配套企业也随之跟进。

于是，一个极具特色的现代家电产业生产基地在该区逐步形成，并由此构成了该区发展开放型经济的强力增长极。

2002年，开发区实现了新的跨越。生产总值28.7亿元，同比增长156%。实现财政收入2.05亿元，同比增长92%。合同外资、实际引进外资、生产总值、固定资产投入、财政收入的增长速度，在全国49个国家级经济技术开发区中名列第一。

2003年，开发区主要经济指标实现了70%以上的增长。

3天引进一个项目，一个月开发一平方公里。至2004年，开发面积扩展到40平方公里，引进企业157家。

跳跃和跨越成了昌北的品格。人们把这里的发展速度称为"南昌速度"。

湖南对钢铁行业进行整合

截至 2003 年 11 月 9 日，华菱钢铁集团当年钢产量突破 600 万吨大关，达 605 万吨，在国内同行业排名第七，实现销售收入 204 亿元，成为湖南省首家销售收入过 200 亿元的企业，已跻身全国企业百强。前 10 个月，华菱钢产量、销售收入和实现盈利分别增长 34.7%、74% 和 137%。

说起华菱，湖南人引以为自豪。这种自豪感来自他们整合产业资源的勇气和能力。

湖北有"三钢"：武钢、冶钢、鄂钢。湖南也有"三钢"：湘钢、涟钢、衡钢。湖南的三钢分布在三个城市：湘潭、娄底、衡阳。

三家钢厂各相距 100 公里左右，组成一个等边三角形。

数学原理云：三角形结构稳定，顶点永远无法重合。

"三钢"虽然都是湖南省重点钢铁企业，可在全国钢铁行业根本上不了"排行榜"。

更严重的是，三家钢厂当时都陷入了不同程度的危机。湘钢因为冶炼成本居高不下，生产陷入半停产；衡钢上马具有国际先进水平的高压锅炉管工程，投入 13 亿元后无力为继，已是告贷无门；涟钢产品结构单一，无法适应市场竞争。

当时三家企业潜亏高达 4 亿元。形势最严峻的湘钢，已拖欠职工 3 个月工资，煤、电、矿石等生产资料全靠赊账，上门的债主常常坐满会议室。

1997 年，在浏阳召开的宏观经济研究会上，湖南省委、省政府果断决策：实施大集团发展战略，变"三钢"为"一钢"，以组织结构调整带动产业结构调整，为湖南钢铁行业杀出一条血路来！

于是，"三钢"从省冶金集团整体划出，华菱集团挂牌成立。

企业购并重组，华菱走的是一条布满荆棘的道路。因为第一，它是先有"儿子"后有"老子"，"儿子"眼中不一定有"老子"；第二，三个"儿子"实力差不多，你不服我，我不服你。

因此，有人预言，即使华菱幸运上市，结果也只会是钱分光了就"离婚"。

的确，联合之初的磨合是相当痛苦的。三家企业，各有各的利益。有利可图的事，争得打破头；需要"出血"的事，谁都不肯承担。

董事会上，拍桌子、摔杯子是家常便饭。

然而，几乎所有人都低估了一个人的能力。这个人就是华菱董事长李效伟。

当初，李效伟接手这个"烫手的山芋"，就把两件事想透彻了。

一方面，他把联合的意义琢磨透了。联合是大趋势，不联合，"三钢"活不下去。

另一方面，联合后企业间利益冲突的严重性他估摸透了。利益处理不当，哪怕一点小事，都有导致"散伙"的危险。

有这两个"透彻"，李效伟临危不乱，处乱不惊。争吵之声，倒激发了他的创意。

一个与这种母子公司运行相适应的"二重性"原则应运而生。

李效伟认为："作为法人代表，集团公司和子公司的地位是平等的，都是市场主体，但集团代表着整体利益。"

按照这个思想，李效伟确定了"二重性"运行原则。第一重，子公司以生产经营为中心，所获取的利润，母公司不截流一分一厘；第二重，母公司以资本营运为中心，代表集团大局，负责分配资金和重大投资项目，子公司必须服从。

按照这个原则运行，争吵之声渐渐平息。毕竟企业要生存，要发展，联合是共同利益之所在。

"三钢"抱成团后，成为拥有110亿元资产，年产钢能力200万吨，年销售收入50亿元的企业集团。

银行的门好进了。1998年即贷款5亿元，保证了企业的生产经营正常运行。

1999年，华菱与武钢同一天上市，融资10.6亿元。

五年来，华菱通过证券市场融资41.76亿元，融资额在全国钢铁行业上市公司中仅次于宝钢和武钢。

2004年7月16日，经中国证监会批准，华菱又公开发行了20亿元可转换债券，成为湖南省融资额最大、融资次数最多的上市公司。

犹如久旱的禾苗逢甘霖，三家钢厂有华菱融资作后盾，生产节节攀升，效益连年翻番。

1998年，华菱实现利润8000万元；2000年，这个数字变成3.6亿元；2003年升至9.3亿元；2004年利润预计将达到21亿元。

而且，经过几轮技术改造，三家钢厂的产品中，高附加值产品已占到78%，综合成本在国内同行业中处于领先水平。

"娄底板、衡阳管、湘潭线。"如今，三家钢厂都有在业内叫得响的产品。

充分发挥自身优势，走专业化分工的路子，实现错位竞争，是华菱集团7年来始终不渝的发展战略。

李效伟认为："整合后母公司拥有项目、投资的决策权，避免了重复建设和内部低水平竞争。"

由华菱注资，涟钢240万吨超薄板热轧生产线于2004年2月投产，使湖南省钢铁技术装备水平大步提升。

与此同时，华菱向衡钢注入10亿元，上小无缝钢管生产线，积极争取大无缝钢管生产线。

在湘钢投资2.8亿元，上特色线材生产线。

"专心做一件事,做就做到最好。"如今,华菱的板、管、线都成了市场上的抢手货。

涟钢的超薄板定价每吨比别人高 100 元还供不应求;衡钢的小无缝钢管占据国内 40% 的市场份额,汽车半轴套管和高压锅炉管全国销量第一;湘钢特色线材出口占全国总量的 32%,售价比国内市场高出 1000 元。

"在整体实力上,我暂时无法与宝钢、武钢抗衡,但我可以追求细分市场上的产业优势。"这是李效伟的竞争策略。

本书主要参考资料

《区域发展路径的经济系统分析》 李新安著 经济日报出版社

《促进中部崛起的财税政策研究》 李安泽著 中国财政经济出版社

《中部崛起背景下的江西省城市群培育及其协控路径研究》 刘耀彬著 经济科学出版社

《中部崛起的可持续发展动力》 黄建中著 对外经济贸易大学出版社

《2007中国区域经济发展报告：中部塌陷与中部崛起》 孙海鸣 赵晓雷主编 上海人民出版社